Force noire

GUILLAUME PRÉVOST

Force noire

GALLIMARD JEUNESSE

1

11 octobre 1984, 17 h 12

Elle n'en pouvait plus. Cette famille était pire que les dix plaies d'Égypte réunies : pire que les sauterelles, les grenouilles, les moustiques, les mouches, etc. – les six autres, elle les avait oubliées. Et d'abord, ce n'était pas sa famille… Enfin, à part sa mère, qui était encore pire que pire – y avait-il un adjectif pour ça ? – puisque tout était de sa faute. Le départ de son père, bien sûr, mais aussi le fait d'avoir laissé Robert s'installer dans *leur* appartement, avec *son* abruti de fils, Edgar. Robert n'était d'ailleurs pas un prénom acceptable pour un beau-père, pas plus qu'Edgar pour un demi-frère. Et maintenant, il y avait le bébé. Enfin, le bébé… Un asticot vociférant, perpétuellement entre deux notes suraiguës, dont la capacité de nuisance était inversement proportionnelle au nombre de cheveux et de dents. Et comment avaient-ils baptisé la onzième plaie d'Égypte, je vous prie ? Alphonse... Non mais franchement, Alphonse ! Pourquoi pas « Hurleur » ou « Casse-pieds » ? Tiens, oui, « Casse-pieds », ça collerait parfaitement. Et qui était censé s'en occuper, d'Alphonse-Casse-pieds ? Sous prétexte que Madame rentrait tard et que Monsieur « était en déplacement » ? Pas Edgar, tu penses, pauvre chou. Déjà incapable de s'occuper de lui-même, malgré ses dix ans et son horrible collection de figurines de dessins animés japonais. Qui donc, du coup ? Pas Goldorak, non, ni Albator ni Ulysse 31. Alors ? Ça y est ? Trouvé ?

Mais le temps de l'esclavage était révolu : aujourd'hui, officiellement, elle faisait une fugue. Une fugue d'avertissement... Elle avait glissé un paquet de Chocodélices et une gourde dans son sac à dos, plus un pull, un K-way et ce qui lui restait d'argent de son anniversaire. De quoi prendre le métro et aller chez Gladys, qui était ce qu'on pouvait appeler sa meilleure amie – en vérité, elle n'en avait pas d'autre.

Sauf qu'en dévalant les escaliers de l'immeuble, elle tomba nez à nez avec son beau-père qui montait.

– Alma ! lui lança-t-il de ce ton mièvre dont il usait avec elle. Comment vas-tu, ma grande ?

Elle ne répondit rien, comme à son habitude. Leurs relations se limitaient à ce ping-pong inégal, lui distribuant des balles molles et trop hautes, elle répliquant par des smatches silencieux et définitifs. Pour l'heure, il lui barrait la route avec sa valise jaune – une valise de Robert – et elle n'avait pas l'intention de lui passer sur le corps. Même si ce n'était pas l'envie qui lui en manquait.

Elle opéra un repli stratégique et fila vers les étages : ce serait donc le plan B. Elle avait emporté le trousseau de clés familial et pouvait tenter sa chance du côté des chambres de bonne. L'une d'entre elles – la numéro trois – servait de débarras à ses parents et, si elle n'y avait jamais mis les pieds, il y aurait sans doute moyen d'en faire une place forte. Équipée de sa gourde et de ses Chocodélices, elle tiendrait facilement jusqu'au lendemain matin. Ou bien elle ne consentirait à sortir qu'après reddition de la partie adverse et acceptation de ses conditions.

Au premier rang desquelles : NE PLUS JAMAIS GARDER ALPHONSE-CASSE-PIEDS. Ou du moins pas sans contrepartie. Une place de cinéma, une dispense de vaisselle, une sortie jusqu'à minuit... Un simple engagement écrit de sa mère suffirait. Quant à la présence de Robert et d'Edgar dans l'appartement, Alma était prête à négocier. Dans un conflit de ce genre, on ne pouvait pas tout obtenir en une seule fois. Et il y aurait d'autres manches.

Elle déboucha sur le dernier palier réservé autrefois aux domestiques. Personne n'avait plus de bonne aujourd'hui – encore heureux – mais l'appellation de « chambres de bonne » était restée, quoique les différents propriétaires de l'immeuble aient transformé ces réduits minuscules en débarras. Dans sa tête, Alma s'attendait à trouver l'endroit désert, ce qui lui aurait permis d'essayer tranquillement les clés de la numéro trois. Sauf que là...

– Bonjour, lâcha-t-elle, contrariée.

Un vieil homme se battait visiblement avec le verrou de l'une des portes du bout, la numéro sept. Il se redressa en entendant la voix et se tourna vers elle, surpris.

– Euh... bonjour.

Il était grand et franchement âgé, la peau d'un noir chocolaté, des cheveux courts tout blancs et deux yeux comme des perles d'ébène. Surtout, il allait lui faire rater son entrée en guerre.

Alma jeta un œil vers les étages inférieurs : son beau-père avait choisi de passer chez eux avant de s'inquiéter de sa fantasque belle-fille. Normal : en général, il évitait les face-à-face. Le temps qu'il enlève son manteau, se lave les mains, interroge son Edgar chéri... Cinq minutes minimum.

– Vous avez besoin d'aide ? proposa-t-elle.

– Oui, je veux bien.

Il recula légèrement pour laisser Alma ouvrir à sa place. Le mécanisme était bel et bien rouillé, ce qui l'obligea à jouer de tous ses muscles – endurcis par huit années de gymnastique au sol, s'il vous plaît. Enfin, le verrou céda et Alma s'effaça pour lui laisser le passage. Au même instant, elle entendit quelqu'un qui gravissait précipitamment les marches : son beau-père avait été plus rapide que prévu.

– Je... je peux ? fit-elle en se glissant à la suite de l'inconnu et en fermant la porte derrière elle.

L'homme broncha à peine, comme s'il était trop fatigué pour protester. Il alla s'asseoir sous la lucarne, tandis qu'elle collait son oreille contre le panneau de bois.

– Alma ? appelait Robert sur le palier.

Il longea le couloir sans s'arrêter jusqu'à l'escalier de service. Puis le silence retomba.

Alma = 1 / Famille-ras-le-bol = 0.

– Bon, ben merci, salua-t-elle en s'apprêtant à disparaître.

Le vieil homme la considérait depuis son fauteuil en rotin, la mine hagarde.

– Pardon, souffla-t-il, ce sont tous ces étages…

– Vous êtes sûr que ça va ?

Il sourit faiblement, sans répondre. Son visage était sillonné de rides, comme une rivière aux mille affluents sur une carte ancienne. Ses yeux avaient une profondeur extraordinaire et, malgré son état d'épuisement, quelque chose de puissant émanait de sa personne. Il portait un costume gris plutôt élégant sur une chemise rose assez fine et des chaussures cirées. Au revers de sa veste était épinglée une médaille en bronze.

– Je ne vous ai jamais vu dans l'immeuble, s'étonna-t-elle.

Il hocha la tête en montrant le désordre autour d'eux : un petit bureau avec une lampe, sur lequel s'accumulaient des dossiers, des cartons empilés côté droit, un genre de secrétaire à gauche qui disparaissait sous des couvertures pliées et, par terre, un bric-à-brac de jouets hors d'âge dont deux poupées en porcelaine aux robes de dentelle usées.

– Je suis de passage à Paris, expliqua-t-il. Cette chambre appartient à une amie. Elle a la gentillesse de garder quelques-uns de mes vieux souvenirs en dépôt. Je suis venu faire un peu de tri, ensuite, je partirai.

Alma aussi aurait dû partir, mais quelque chose dans le bonhomme l'intriguait. Et puis il ne viendrait jamais à l'idée de Robert – qui n'était déjà pas une lumière – de toquer à la numéro sept.

– C'est une médaille de quoi ? interrogea-t-elle en pointant du doigt le ruban vert et la croix métallique épinglés à sa poitrine.

– De... de la guerre.

– Mon grand-père aussi a fait la guerre, grinça-t-elle. Celle de 39-45. Il arrête pas de nous casser les oreilles avec. « Et dans l'armée on faisait comme ci, et quand les Américains ont débarqué c'était comme ça... » Il faut avouer, il est un peu spécial. Mais vous n'allez pas me dire que vous, ça vous a plu de tuer des gens ?

Le vieillard aurait pu se vexer mais il n'en montra aucun signe.

– Après un certain âge, déclara-t-il lentement, on vit moins pour ce qu'on est que pour ce qu'on a été. Et il faut bien des objets pour s'en rappeler.

Une réflexion de dinosaure, ça…

– Parfait, je vous laisse à vos souvenirs, alors.

Elle posa la main sur la poignée, mais entendit de nouveau des pas sur le palier.

– Alma ? piaillait Edgar de sa voix aiguë. Tu te caches où, Alma ?

Ne manquait plus que lui.

– Alma-nite ? continua-t-il. Almaaa-niiite ?

C'était son jeu de mots préféré, sur l'amanite en l'occurrence, un genre de champignon vénéneux. Alma soupçonnait que le véritable auteur en était Robert, Edgar se contentant de jouer les perroquets. Il l'employait en tout cas à tout bout de champ, histoire de la faire enrager.

– On dirait qu'on te cherche, murmura l'inconnu, une fois que l'enfant se fut éloigné.

– J'ai une famille très affectueuse, approuva-t-elle, ils ne peuvent pas se passer de moi.

– C'est important, la famille.

– On voit que vous ne connaissez pas la

mienne. Mon père a filé à l'autre bout de la France, celui qui le remplace n'a aucun intérêt, j'ai un faux frère qui hurle mon nom à tue-tête, un deuxième à moitié vrai qui hurle tout court, et une mère au milieu qui crie plus fort que les autres.

– Ça doit être intéressant... Mon père à moi était marié avec quatre femmes. Il a eu onze filles et six garçons. Si j'avais voulu me cacher au village, ils auraient eu vite fait de me retrouver.

Alma se serait bien fendue d'une remarque incrédule sur les hommes qui épousaient plusieurs femmes, mais il y eut encore du mouvement dans le couloir – décidément plus fréquenté que le métro aux heures de pointe. Une démarche lourde suivie d'un cliquetis de serrure à la numéro trois. Puis le timbre agacé de son beau-père :

– Alma, tu es là ? Je vais entrer, Alma... Ta mère ne va pas tarder et...

Il s'interrompit, sans doute en découvrant que le débarras était vide.

– Fichue gamine !

Le verrou claqua dans l'autre sens et la jeune fille pesta intérieurement : Robert avait donc une deuxième clé de la chambre de bonne. Le plan B tombait à l'eau. Mais pas question de capituler : la bataille ne faisait que commencer. Elle se tourna alors vers l'inconnu et prit un air angélique – elle savait s'y prendre, à l'occasion.

– Ça vous dérange si je reste un peu ?

2

11 octobre, 18 h 17

Le mieux, quand on avait très faim, c'était d'ouvrir un paquet de Chocodélices. La nuit était tombée et la lucarne sur le mur délavé de la chambre n'était plus qu'un rectangle de néant bleu marine. Ils avaient dû allumer la petite lampe du bureau, dont l'abat-jour cylindrique projetait au plafond une lune incertaine. Installé dans son fauteuil, le vieil homme parcourait un grand cahier tout en largeur qu'il avait tiré du carton ouvert à ses pieds. Côté couloir, c'était le calme plat, et Alma finissait par trouver le temps long.

– Vous en voulez un ? demanda-t-elle en lui proposant un biscuit.

– Merci, répondit-il avec un geste de la main. Les gâteaux, je ne peux plus les digérer.

Il avait pourtant l'air d'aller beaucoup mieux, les rides sur ses joues semblant même moins profondes.

– C'est un album photo?

– Un album tout court. À une certaine époque, on avait pensé écrire quelque chose sur moi. Et puis ça ne s'est pas fait. Ce qu'il reste des notes est là-dedans.

Elle jeta un œil en faisant mine de réajuster les couvertures qui lui servaient de coussin : une écriture à l'encre violette sur des lignes délavées et des papiers jaunis glissés entre les pages.

– Un livre? s'étonna-t-elle. Vous étiez quelqu'un d'important, alors?

– Pas vraiment, puisqu'il ne s'est pas fait… Tiens, ajouta-t-il, si ça t'amuse, il y a l'endroit où je suis né.

Il choisit dans le carnet un bout de feuille plié, découpé il y a longtemps dans un journal ou un magazine. Une carte en noir et blanc intitulée : *L'A.-O.F.* On y voyait un morceau de continent arrondi, baigné par l'océan Atlantique, avec des pointillés pour les frontières et une série de noms : Soudan, Guinée, Côte d'Ivoire, Sénégal, etc.

– L'*A.-O.F.* ? lut-elle. Jamais entendu parler.

– L'Afrique-Occidentale française… L'ouest de l'Afrique, si tu préfères. La France avait beaucoup de colonies là-bas. Tu vois le fleuve en arc de cercle qui traverse la région ? C'est le Niger. Je suis né sur ses rives.

– C'est parce que vous venez de là qu'on voulait écrire un livre sur vous ?

Il montra sa médaille en souriant.

– Non, ce qui est arrivé, c'est à cause de la guerre. À cause de mon frère, aussi… Et de Malinko Malinké – que ses entrailles pourrissent. Et puis à cause d'Elle…

– Elle ?

Il ne répondit rien, mais une étoile lointaine s'alluma brièvement dans son regard. Était-il possible qu'un vieillard puisse encore être amoureux ?

– Et ce Malinko-Machin, là, insista-t-elle, vous vouliez quoi à ses entrailles ?

– Parler de Malinko Malinké en trois mots, c'est comme souffler contre le vent et ne rien dire du tout, se défaussa-t-il.

– Vous ne voulez pas m'en parler, c'est ça ? Vous me trouvez trop jeune ?

Alma reconnaissait volontiers qu'avec la

mauvaise foi, la provocation était son arme préférée – les deux exaspérant également les adultes. En plus, il était beaucoup trop tôt pour rentrer chez elle, sauf à reconnaître sa défaite devant la famille assemblée. Et puis les vieilles histoires de vieux croûtons pouvaient constituer des sujets de plaisanterie très convenables.

Le vieil homme, lui, l'observait fixement en se grattant le menton.

– Ça risque de t'ennuyer.

– Si c'est le cas, vous le saurez : soit je m'endors, soit je m'en vais.

– En plus, je serai obligé de revenir au début.

– Il n'y a pas mieux pour démarrer.

Il tourna les pages de son carnet à la recherche de quelque chose : une carte postale défraîchie, dont le noir et blanc avait viré au rose pâle.

– Ce n'est pas chez moi, avertit-il, mais ça y ressemble.

L'image montrait un groupe de villageois posant devant des huttes de terre au toit végétal pointu. Leurs habits étaient simples, de grands boubous blancs pour les hommes, de longues robes aux motifs géométriques pour les femmes. Était-ce la présence du photographe ou l'humeur du jour? Ils souriaient franchement en regardant l'objectif.

– Une colonie, ça veut dire qu'à l'époque, c'est les Français qui commandaient? s'enquit Alma.

– Ils faisaient comme si le pays était à eux, oui. Les forêts, les gens, les cultures... Ils construisaient des routes, des écoles, ils décidaient ce qu'on devait vendre ou ce qu'on devait acheter, ils faisaient la police... Mais à la vérité, dans la campagne où j'habitais, on ne voyait pas un seul Blanc. On vivait entre nous, comme le faisaient nos aïeuls et leurs aïeuls avant eux. C'était le dix-neuvième siècle...

– Le dix-neuvième siècle? fit Alma en ouvrant de grands yeux.

– Eh, qu'est-ce que tu crois! Tu as devant toi un ancêtre : je suis né à Farako, en 1898!

1898... Il avait donc quatre-vingt-six ans. Sûr que les cinq étages avaient dû lui peser.

– Mais pour reprendre au début, ajouta-t-il sur un ton solennel, il faut d'abord te présenter d'un mot mes parents. Comment te dire ça... Avec le recul, je crois qu'ils s'aimaient mais qu'ils avaient du mal à s'entendre.

– Bienvenue au club! s'exclama Alma. En même temps, un mari qui a quatre épouses...

– En fait le problème venait plutôt de leurs familles : par le sang de mon père, je suis un Sakoro, de la lignée des chefs de Farako, hommes sages et respectés dans la région. Par le lait de ma mère, je viens d'une dynastie de guerriers, les Koulibali, qui ont eu autrefois un empire. Les deux clans étaient rivaux et chacun s'estimait le plus puissant.

– La famille Goldorak contre la famille Albator, s'amusa Alma.

– Pardon ?

– Désolée, c'est la faute d'Edgar et de ses dessins animés. Bref, ça n'a pas empêché vos parents de se marier ?

– Ils avaient tous les deux du caractère, ils ont tenu bon. Mais ça a provoqué beaucoup de remous autour d'eux, ce qui a assombri leur ménage. Un an après leur mariage, ils ont eu mon frère, Konaté, puis mes deux sœurs, Galia et Namissa, et enfin moi, Bakary.

– Bakary, c'est votre prénom ?

– Bakary, oui, Bakary Sakoro. Né au milieu du mois de septembre 1898. Ou peut-être au début ou à la fin, les registres n'étaient pas très précis à cette époque. Quoi qu'il en soit, c'est à ce moment-là que s'est produit l'incident de la deuxième tante.

– De la deuxième *tente* ? se méprit Alma. Je croyais que vos maisons étaient en terre.

– Non, pour un enfant, la deuxième tante est la deuxième épouse du père. Celle-là était jalouse car elle n'avait eu que des filles. Lorsque ma mère a eu un second fils, elle est devenue plus envieuse encore. Et ce qui est arrivé ce soir-là a fini de gonfler son cœur de haine. En sortant de la case où je venais de naître, elle a rencontré un *Salén*. Un mort…

– Un mort ?

– Un mort, oui. Un esprit, un fantôme, appelle ça comme tu veux. Il se tenait devant l'entrée et il la regardait, sans bouger. Et il ne s'agissait pas de n'importe quel *Salén* : il s'agissait du père de ma mère, décédé huit années plus tôt.

– Les fantômes n'existent pas ! se récria Alma – même si elle devait admettre que l'histoire prenait enfin un tour intéressant.

– C'est parce qu'ici, en France, vous refusez de les voir. Mais pour ceux qui ouvrent les yeux, il arrive que les êtres du monde invisible décident de se montrer. Spécialement si ce sont des ancêtres puissants. C'était le cas de mon grand-père maternel, qui avait fait la guerre aux Français à l'époque de la conquête. On l'appelait l'Immortel car il avait survécu à de nombreuses blessures. Jusqu'à ce qu'il tombe en tentant de défendre Ségou, la ville voisine. Il était célèbre pour porter constamment le grand casque colonial blanc qu'il avait dérobé à ses ennemis. C'est même grâce à ça que la deuxième tante l'a reconnu. Grâce aussi aux bijoux qu'il avait sur lui. Elle a eu tellement peur qu'elle s'est mise à courir en hurlant vers la maison du chef et qu'elle a trébuché. Sa jambe s'est brisée et elle a passé le reste de sa vie à boiter. Elle a déversé sur ma mère un torrent d'injures en l'accusant d'avoir dans les veines du sang de sorcellerie. Ensuite, elle a tout fait pour l'éloigner de mon père. Pour l'éloigner *elle* et nous éloigner *nous*, ses enfants.

– Elle a peut-être inventé toute cette fable pour vous causer du tort…

– La deuxième tante n'avait aucune imagination, bien sûr qu'elle a vu quelque chose. Mais quand les hommes ont accouru, il n'y avait plus rien. Sinon des traces de chaussures devant la case : des chaussures épaisses, comme des godillots de militaire… À une époque où tous les gens du village allaient pieds nus, tu devines ce qu'ont pensé les voisins. Il faut savoir aussi que chez nous, les grands-parents ont un lien particulier avec leurs petits-enfants : les uns et les autres se tiennent la main par-dessus le fleuve de la vie. Vu les relations entre nos deux clans, mon grand-père l'Immortel ne pouvait espérer que je lui sois présenté, y compris par-delà la tombe. Il a dû préférer prendre les devants et aller me visiter à Farako.

– Vous n'allez pas me dire que vous croyez à ça ?

Bakary leva les mains au ciel, évasif.

– De son vivant, l'Immortel était déjà une légende. Les griots racontaient qu'il possédait un gri-gri magique, un genre de talisman qui l'empêchait de mourir : *Barika Sou*, Force de la Nuit... S'il s'endormait avec le soir, rien de grave ne pouvait l'atteindre le lendemain. Certains ont même prétendu que, la veille de sa mort, on le lui avait volé. Que c'est pour cette raison que, durant la bataille de Ségou, une balle a traversé son casque.

– Et finalement, papi vous a fait le bisou ? ironisa Alma.

Une fois encore, le vieil homme ignora l'insolence. Ou bien il était d'un sang-froid à toute épreuve, ou bien il ne saisissait pas le second degré.

– L'important pour un ancien n'est pas de cajoler ceux qui lui succèdent. L'important est de leur transmettre ce qu'il a appris de la nature et ce qu'il a appris de l'homme. Voilà pourquoi, à ma naissance, l'eau de mon bain a été mélangée à la terre, mes cheveux rasés et jetés au fil du fleuve, les signes de l'air et de l'eau tracés sur mon front. Le nouveau-né n'est qu'un bourgeon, une particule de l'Univers... Voilà pourquoi encore on m'a donné le nom d'un ancêtre disparu et pourquoi chaque famille est venue m'honorer d'un présent : l'enfant n'est que le maillon d'une chaîne qui continue à s'allonger après lui.

Cette tirade rappelait à Alma sa professeur de lettres : à l'écouter, ça avait l'air très bien, mais à y réfléchir, on n'y comprenait pas grand-chose.

– Et... quel genre de présents ? demanda-t-elle.

– Peut-être pas ceux dont tu saurais quoi faire : des fèves de cola, une volaille, une jarre de bière, une chèvre pour les plus riches...

Alma sourit, imaginant la scène à la maternité autour d'Alphonse-Casse-pieds, des bouteilles de bière posées sur la table à langer, un poulet et une biquette attachés au berceau. Ça lui aurait peut-être rabattu son caquet de nourrisson énervé.

– Lorsque j'ai eu sept ans, reprit Bakary, ma mère m'a confié un secret. Le matin qui a suivi l'incident de la deuxième tante, elle a trouvé dans la corbeille d'offrandes un cadeau qui n'y était pas la veille. Un pendentif avec une pierre noire en forme de goutte… Elle était certaine qu'aucun de nos voisins ne l'y avait déposé car la corbeille n'avait pas quitté son chevet.

– L'Immortel ? suggéra Alma.

– C'est ce qu'elle a pensé, évidemment. Mon grand-père adorait exhiber ses bracelets et ses colliers. Avec son casque blanc et son fusil, il avait fière allure.

– Ma grand-mère paternelle aussi, rétorqua Alma, moins le casque et le fusil. Ça n'en fait pas un fantôme…

– Certes, et dans le doute, ma mère a préféré mettre le bijou de côté, car elle craignait de s'attirer les foudres du village. Elle le gardait pour moi quand je serais plus vieux.

Il écarta le col de sa chemise rose et tira sur le lacet en cuir autour de son cou : une larme noire et brillante, parfaitement lisse, jaillit entre ses doigts.

– C'est un grenat, expliqua-t-il. Je ne sais rien de ses origines véritables mais j'aime à penser qu'il me vient de lui.

Instinctivement, Alma toucha la croix que son propre grand-père – celui de la Seconde Guerre mondiale – lui avait offerte pour son baptême. Peut-être avaient-ils plus de points communs qu'elle ne l'imaginait.

3

11 octobre, 18 h 42

– Et vous, vous avez été marié ? questionna Alma qui avait remarqué l'anneau d'argent qu'il portait à sa main gauche.

Le vieil homme venait de lui raconter l'altercation entre son père et sa mère après l'incident de la deuxième tante, et la jeune fille – elle-même spécialiste de la dispute entre parents – préférait changer de sujet.

– J'ai *failli* me marier, lâcha-t-il avec une ombre dans la voix. Mais voilà, la vie prend toujours des chemins inattendus. Nous étions promis depuis l'âge de huit ans, pourtant.

Alma manqua s'étrangler :

– Huit ans ? Vous plaisantez ?

– Dans nos campagnes où tout était difficile, c'était un moyen de nouer des liens forts entre les familles. D'ailleurs, il ne s'agissait pas d'un vrai mariage, juste de fiançailles et d'un échange de services. Le garçon gardait le troupeau de ses futurs beaux-parents, il aidait aux travaux des champs, tandis que la fillette faisait le ménage dans sa case ou nettoyait les vêtements.

– C'est de l'esclavage !

– Il y a quatre-vingts ans, à Farako, les droits des enfants n'étaient pas la préoccupation principale. Mes fiançailles, par contre, ont fait beaucoup de bruit.

Alma se demanda à quoi pouvaient ressembler des fiançailles entre des enfants. Une vision folle lui traversa l'esprit, qui impliquait Edgar et Barbara Boulon, la petite voisine du rez-de-chaussée : Alma voyait bien ce nigaud d'Edgar sortant le chien des Boulon, arrosant leurs plantes vertes et s'occupant de leurs poubelles. Mais elle chassa vite cette pensée : Bakary semblait sincèrement affecté.

– En quoi ça a fait du bruit ?

– Comme je le disais, expliqua-t-il, à cause de la deuxième tante, les relations entre ma mère et mon père ne se sont pas améliorées. Et puis mon père a choisi une quatrième épouse qui a été enceinte à son tour. Sur les conseils de la deuxième tante, il nous a repris notre case, la plus grande, pour accueillir le bébé. Nous nous sommes alors installés, avec ma mère, mon frère et mes deux sœurs, dans une hutte éloignée, à la limite du village. À partir de là, mon père ne nous a plus beaucoup visités. Je crois que toutes ces rumeurs sur notre compte finissaient par l'atteindre. Pour autant, je restais le petit-fils du chef de la communauté et donc, un gendre intéressant. C'est ainsi qu'à huit ans, on m'a fiancé à Djenly Keïta, qui avait exactement mon âge. C'était un honneur, car Djenly avait une sœur jumelle, Salimata. Dans notre culture, les jumeaux sont des êtres à part : on raconte qu'à l'origine, les hommes naissaient par deux, un garçon et une fille. Et puis les hommes ont péché et, pour les punir, le dieu Fâro a décidé qu'ils ne naîtraient plus que séparés et qu'ils passeraient leur vie à se chercher. Aussi, la naissance de jumeaux est-elle considérée comme une bénédiction et un grand privilège. D'ailleurs, Djenly était très gentille et très douce... Nous nous retrouvions le soir pour jouer avec des fèves de cola, courir après le coq qui nous réveillait à l'aube, dessiner sur les coulées de sable rouge. Nous nous entendions à merveille.

Il s'interrompit, le regard perdu vers le mur.

– Il lui est arrivé quelque chose ? suggéra Alma.

– Pas exactement, soupira le vieil homme. Sa sœur, Salimata, a été fiancée de son côté. À un autre garçon du village, qui avait un an de plus que moi et appartenait à l'une des familles les plus riches de Farako. Ils possédaient un beau troupeau de chèvres, deux zébus, et leurs terres étaient fertiles grâce au puits voisin. Ce garçon, c'était Malinko Malinké.

Alma se redressa sur ses couvertures.

– Celui des entrailles ?

– Celui-là même, fit Bakary en hochant la tête. À cette époque, nous étions les meilleurs amis du monde. C'est lui qui m'avait appris à pêcher et à poser des pièges pour attraper de petits animaux. Il savait aussi fabriquer des arcs et nous allions parfois taquiner les singes dans les arbres, même si nous parvenions rarement à les toucher. Malinko était un fonceur et rien ne l'arrêtait, comme son animal fétiche, le phacochère.

– Excusez-moi, l'interrompit Alma, le phacochère, un animal fétiche ?

– Chaque clan a un animal sacré qui est celui de son fondateur, précisa Bakary. Aucun membre du clan, même cent ans après, n'a le droit de s'en prendre à lui. Ni pour le blesser, ni pour le tuer, ni pour le manger. Celui des Malinké était le phacochère, un genre de sanglier de là-bas.

– Vous aussi vous aviez un animal fétiche ?

– Bien sûr ! La hyène.

– La hyène ? manqua s'esclaffer Alma. Mais c'est... moche !

– C'est l'animal le plus intelligent de la savane. Elle n'a pas bonne réputation car elle fait peur, mais son organisation en meute n'est pas si éloignée de la nôtre.

– Pourquoi pas un lion ou un éléphant, plutôt ? Ça a quand même une autre allure !

– Ce n'est pas toi qui choisis l'animal, c'est l'animal qui te choisit. Et une fois qu'il t'a choisi, mieux vaut éviter de le provoquer. Ce que, dans notre inconscience, nous avons eu l'audace de faire...

L'évocation devait lui coûter car il mit quelques secondes à poursuivre.

– Ça s'est passé cinq ans après nos fiançailles avec les jumelles Keïta. À ce moment-là,

Malinko Malinké avait commencé à changer. Il faut dire qu'il s'était produit un événement chez nous : les Français avaient ouvert une école à Ségou et tous les villages environnants devaient y envoyer un de leurs enfants. À Farako, c'est Malinko qui a été désigné, car ses parents vivaient mieux que les autres et ils pouvaient se passer de ses deux bras. Il partait de longs mois à la ville et ne revenait que pour les vacances d'été. Bientôt, son séjour l'a transformé. Il voyait des choses nouvelles, des journaux, de beaux vêtements, un confort et des manières que nous n'avions pas, une automobile, même, une fois. Il était plus savant, aussi : il avait appris le français, il pouvait lire, compter... Petit à petit, il s'est mis à se moquer de moi, de mes jeux, de ma façon de parler. Pour lui, je n'étais qu'un pauvre paysan condamné à la brousse.

Un jour, nous sommes allés nous promener sur les bords du Niger. Djenly n'avait pas pu nous suivre car elle était souffrante mais Salimata était là. Malinko aimait l'impressionner en racontant à quoi il occupait son temps à Ségou, les belles filles qu'il croisait, ses bonnes notes à l'école, tout ce qu'il ferait plus tard. Des fois, il lui reprochait même sa façon de s'habiller et la pauvreté de ses coiffures. Mais pour elle, ça n'avait pas d'importance : elle l'admirait.

En arrivant sur l'un des bras du fleuve, nous avons repéré des canards sauvages qui se nourrissaient sur la rive. Malinko avait son arc et il s'est approché à quatre pattes pour essayer de tirer le plus gros. C'est là qu'il l'a vue... Une hyène, à l'affût dans les hautes herbes, qui comptait aussi sur les oiseaux pour son repas. Le temps que Malinko prépare sa flèche, la hyène s'élançait vers les canards qui se sont envolés en caquetant sans lui laisser la moindre chance. Nous nous sommes alors retrouvés face à face, à dix mètres de distance. Une vieille femelle, au pelage roussi par le soleil et l'âge. Abandonnée par sa meute, peut-être, et affamée, en tout cas. Elle a retroussé les babines, nous montrant ses crocs, et s'est mise à gronder avec cette espèce de ricanement aigu. D'ordinaire, les hyènes ne s'en prennent pas aux hommes, surtout lorsqu'elles sont seules. Mais cette fois-là, Malinko était hors de lui : la bête avait fait fuir ses proies et pire, elle l'avait ridiculisé devant Salimata.

« Regarde ce qu'a fait ton stupide fétiche, a-t-il grondé en se tournant vers moi. Même pas capable de chasser ! Va mourir ! a-t-il ajouté en ramassant un caillou.

– Malinko, j'ai supplié, non !

Mais c'était trop tard : la pierre avait touché l'arrière-train de la hyène. Elle a glapi plus fort encore et a fléchi sur ses pattes arrière.

– Elle va attaquer ! j'ai crié.

Effectivement, la vieille femelle a bondi dans notre direction. Nous n'avons eu que le temps de détaler vers le premier bosquet d'arbres qui bordait le fleuve. Malinko a attrapé la branche la plus basse d'un gros Karité et j'ai pu me hisser dans un autre en sentant le souffle de la hyène sur mes jambes. C'est alors que j'ai pensé à Salimata... Elle était restée quelques mètres en arrière pour ne pas faire fuir les oiseaux. L'attaque de la bête l'avait effrayée autant que nous et elle s'était mise à courir vers les mêmes arbres. Pas assez vite, hélas... Attiré par ses hurlements, l'animal a reporté toute sa colère contre elle. En quatre foulées, la hyène l'a rattrapée et couchée dans les herbes d'un coup de patte.

– Ton arc, Malinko ! j'ai hurlé.

Malinko n'a pas bronché : il était pétrifié sur son perchoir. J'ai saisi le couteau à ma hanche et je me suis laissé glisser au pied de l'arbre-à-beurre.

Salimata ne se plaignait presque plus… J'ai franchi ventre à terre les quelques mètres qui me séparaient des deux formes emmêlées, la fourrure tachetée sauvage et la robe multicolore. Comme un fou, j'ai frappé la bête à l'encolure, une fois, deux fois… Elle s'est tournée vers moi et m'a attrapé le bras avec ses griffes. La lame avait dû toucher un endroit vital, car elle n'a pas eu la force de me sauter à la gorge et elle a fini par s'affaisser sur le flanc. Morte. »

Bakary se tut et remonta lentement la manche de sa veste sur son poignet gauche. Trois longues cicatrices blanchâtres lui sillonnaient la peau.

– Et Salimata ? interrogea Alma.

– Elle n'a pas survécu à ses blessures.

Il y eut un nouveau silence qu'Alma hésita à briser :

– Vous… vous ne pouvez pas vous en vouloir, c'était très courageux de votre part.

– Très stupide, oui. Nous n'aurions jamais dû la laisser seule.

– Et ensuite ?

– J'ai eu la fièvre pendant trois jours car mon bras s'est infecté. Malinko Malinké en a profité pour donner sa version des faits : d'après lui, c'est moi qui avais insisté pour chasser les canards et c'est moi qui avais défié la hyène. Pour me vanter auprès de Salimata.

– Vous lui avez volé dans les plumes, j'espère !

– Il était plus vieux que moi, plus instruit, et surtout, je m'étais rendu coupable d'un sacrilège : j'avais tué l'animal fétiche de ma famille. À partir de là, je n'avais plus aucune excuse, pour quoi que ce soit. Le déshonneur était sur moi, et par ma faute, sur tout le clan. Je n'ai même pas cherché à me défendre.

– Mais vous auriez dû ! Vis-à-vis de Djenly, au moins !

– Pour ce qui est de Djenly... Le conseil du village s'est réuni. En tant que chef, mon grand-père Sakoro ne pouvait montrer aucune faiblesse à mon égard. Lui et les anciens ont décidé que puisque j'étais responsable de la mort de Salimata, il était juste que Malinko épouse Djenly à ma place. Une sorte de compensation...

– Et là non plus, Malinko Malinké n'a rien dit ?

Bakary haussa légèrement les épaules :

– Malinko Malinké a eu un beau mariage, se contenta-t-il de répondre.

– Sale type, s'offusqua Alma. Que ses entrailles pourrissent !

4

11 octobre, 19 h 07

– Tu ferais peut-être mieux de rentrer, non? suggéra Bakary. Tes parents vont vraiment finir par s'inquiéter.

– Pour une fois qu'ils s'inquiètent de moi, je ne vais pas leur gâcher ce plaisir… Et puis on n'en a pas fini avec Malinko Malinké, j'espère?

– On n'en a jamais fini avec Malinko Malinké. Je m'en suis aperçu quand je suis parti à la guerre.

– Il vous a suivi en France?

– Il a fait beaucoup mieux. Mais comme chaque fois, il faut revenir au début de l'histoire.

Alma fronça les sourcils :

– Vos parents, les rivalités de clans, tout ça ?

– Plutôt mon frère Konaté. C'est lui qui est entré le premier dans l'armée. En 1912. J'ai toujours pensé que notre mise à l'écart du village l'avait poussé à s'engager.

– Vous voulez dire qu'il cherchait à s'enfuir ? En vous abandonnant ? Pas très glorieux de sa part…

– Au contraire, c'était une manière de laver notre honneur. À l'époque, porter l'uniforme français donnait du prestige. Un prestige qui rejaillissait sur toute la famille.

– Je croyais que votre grand-père Koulibali avait combattu la France ?

– Vingt ans s'étaient écoulés, le monde avait changé. Les Français étaient là pour de bon. En plus, Konaté avait promis d'envoyer de l'argent, ce qui, dans la situation de ma mère, n'était pas négligeable.

– Et pourquoi 1912 ? La Première Guerre mondiale, c'est 1914, non ?

– Mon frère a d'abord servi au Maroc et en Algérie, deux autres colonies. Puis à l'été 14, quand le conflit a éclaté, il a été envoyé sur le front. À partir de là, nous n'avons plus eu de nouvelles.

– Il avait autre chose à faire que de vous écrire des cartes postales, si ça se trouve.

– Ou alors il était mort. Ou bien encore il nous avait oubliés. C'était forcément l'une des deux hypothèses, voilà ce que répétait la deuxième tante. Ce qui plongeait ma mère dans des abîmes de tristesse... D'autant que Konaté avait toujours été son préféré : il lui rappelait ses années heureuses avec mon père à Farako. Quant à moi, je ne supportais plus de voir ma mère pleurer. J'avais l'impression d'être responsable de toutes les catastrophes qui nous étaient arrivées : l'apparition de l'Immortel, la brouille de mes parents, la mort de Salimata, le départ de mon frère... Alors je me suis mis en tête de retrouver Konaté.

– Comme ça ? Tout seul ?

– J'ai fait la seule chose que je pouvais faire pour le rejoindre : je me suis engagé à mon tour.

– Vous n'étiez qu'un enfant ! s'offusqua Alma.

– Pas vraiment. En 1915, j'avais dix-sept ans. L'armée n'acceptait les volontaires qu'à partir de dix-huit, mais avec ma taille, je faisais déjà plus vieux que mon âge. Et puis la France avait constamment besoin de soldats. Quant à moi, j'avais toujours rêvé de visiter Paris. En 1913,

Konaté et son bataillon avaient eu le privilège de défiler là-bas pour le 14-Juillet. Il nous avait envoyé une photographie de lui devant les Invalides : il racontait dans son courrier que tous les immeubles ressemblaient à celui-là, avec de belles pierres blanches et des coupoles en or. La photographie est restée longtemps accrochée dans notre case et crois-moi que si l'on avait mis bout à bout les heures que j'ai passées devant, on aurait pu compter un mois entier !

– Des coupoles en or sur chaque immeuble… Il s'est payé votre tête, oui !

– Il s'agissait d'impressionner le village. Ça a plutôt marché, d'ailleurs, du moins tant qu'il a donné signe de vie.

– Et quand vous avez appris à votre mère que vous la quittiez, elle a réagi comment ?

– Je me suis bien gardé de dire quoi que ce soit. Si l'armée n'avait pas voulu de moi, ça aurait été une honte supplémentaire. J'avais juste prévenu une de mes sœurs, qu'elle puisse expliquer les choses si je venais à partir. Je craignais aussi que les supplications de ma mère ne finissent par me faire renoncer… Bref, le jour où il y a eu une commission de recrutement à Ségou, je m'y suis présenté. Sauf qu'il me restait à surmonter l'obstacle des dix-huit ans et que, pour cela, il me fallait un allié sur place.

Il la regarda avec une ébauche de sourire qu'Alma n'eut pas de mal à interpréter.

– Non, vous n'avez pas fait ça ? s'exclama-t-elle.

– Si…

– Malinko Malinké ?

Le vieil homme opina du chef :

– Lui-même… Après ses années d'école, il n'avait pas voulu revenir travailler la terre à Farako et avait trouvé à s'employer à la mairie de Ségou. Il était devenu le garçon à tout faire de plusieurs fonctionnaires et, petit à petit, il avait gravi les échelons. J'espérais qu'il puisse m'aider.

– Une fois ne vous avait donc pas suffi ? s'étonna Alma. Ce type vous met l'histoire de la hyène sur le dos, il vous vole Djenly et vous en réclamez encore ?

– Justement, il avait une dette envers moi. D'ailleurs, il ne s'est pas fait prier, il m'a permis de rencontrer l'adjoint au maire chargé du recrutement sur la région. M'Butu… Un homme d'une soixantaine d'années, gras comme un cochon, qui n'arrêtait pas de s'éponger le front tellement il suait. Il m'a reçu dans son bureau et m'a observé derrière ses lunettes cerclées de fer avant de s'exprimer de sa voix fluette :

« Malinko m'a fait part de ta demande, a-t-il commencé. C'est assez délicat. Si quelqu'un apprend que tu n'as pas l'âge et que je t'ai aidé, ça risque de me coûter mon poste.

Il a laissé passer quelques secondes, puis il a continué :

– Néanmoins, j'ai le plus grand respect pour ton grand-père Koulibali, l'Immortel. Je l'ai connu, autrefois. Un guerrier immense. Tu lui ressembles, d'ailleurs. J'ai connu ton frère, aussi, Konaté. C'est moi qui ai servi d'intermédiaire quand il a choisi de devenir soldat. Vous êtes une lignée de combattants, il n'y a pas à dire. Et si le destin veut que tu en sois le digne descendant, qui suis-je pour m'y opposer ?

Il a fait mine de réfléchir avant de pousser vers moi une feuille dactylographiée :

– Tu auras droit à une solde de cinq cent quarante francs par an, Bakary. Soit quarante-cinq francs par mois… C'est une somme. Peut-être souhaites-tu en reverser une partie à ta mère ? La moitié, par exemple ? Je peux m'en occuper, si ça t'arrange. »

– Quarante-cinq francs, intervint Alma, ça ferait quoi, aujourd'hui ?

– Précisément, je l'ignore. Ce dont je me rappelle, c'est que du temps où l'on recevait de l'argent de mon frère, ce n'était jamais plus d'une dizaine de francs tous les deux ou trois mois. En ce temps-là, nous n'étions pas habitués à manier des pièces ou des billets, l'essentiel du commerce, c'était le troc. Alors entendre des chiffres pareils, c'était comme hériter d'une mine d'or… Je l'ai su après, mais beaucoup de pauvres gars se sont laissé embobiner dans l'espoir de devenir riches. C'est comme ça qu'ils ont vendu leur peau. Et pour moitié moins cher que les soldats français qui étaient, eux, payés le double. Mais ce n'était pas le genre de détail dont M'Butu voulait m'entretenir ce jour-là.

« À ça s'ajoute la prime d'engagement, a-t-il ajouté en se tamponnant le visage. Cent francs tout de suite, que tu toucheras après la visite médicale. C'est qu'il faut être en pleine santé quand on se bat pour la France ! Si les médecins te déclarent apte, moi je me débrouillerai pour la date de naissance. À condition que tu conserves le secret, bien sûr. Signe là si tu es d'accord. »

J'ai signé tout ce qu'il voulait en le remerciant. Le soir même, il y avait une fête sur la grande place de Ségou, avec deux officiers français de la commission de recrutement et des représentants des villages voisins. C'était la première fois que je voyais des Blancs… Ils avaient de beaux uniformes, de longues épées et de grands casques clairs. Ils prononçaient des discours auxquels je ne comprenais rien et ils échangeaient des cadeaux avec leurs hôtes. Il y avait de la nourriture, des chants… On aurait dit un gigantesque anniversaire.

Au bout d'un moment, je me suis extirpé de la foule et je suis allé m'asseoir près de la mosquée rouge pour admirer le soleil couchant sur les murailles de la ville. Si j'avais tenu à m'éloigner, c'est aussi parce qu'en tant que chef de Farako, mon grand-père était invité à la cérémonie. Je n'aurais pas aimé qu'il me reconnaisse et j'imagine que lui non plus. Je ne devais pas être suffisamment loin, cependant, car à peine la cérémonie terminée, Malinko Malinké m'a tapé sur l'épaule.

« M'Butu a une proposition à te faire, a-t-il murmuré. Nous avons rendez-vous dans dix minutes.

Je l'ai suivi jusqu'à la maison de M'Butu, une jolie case à plusieurs pièces, construite à la française. Le gros bonhomme m'attendait dans la pénombre de son bureau, une lampe à pétrole allumée derrière lui.

– Je n'ai pas l'impression que tu sois allé saluer ton grand-père Sakoro, a-t-il attaqué. J'ai même hésité à lui signaler que tu étais dans l'assemblée... J'aurais dû, peut-être ?

– Il était très occupé, j'ai balbutié.

– Bien sûr... Mais ce n'est pas pour ça que je voulais te voir. Ça m'a tracassé toute la journée et finalement, je me suis dit que s'il y avait quelqu'un à qui elle devait revenir, c'était à toi.

Il s'est tu un instant afin de ménager son effet, puis il a repris, avec cette voix étrange et haut perchée :

– Comme je te le racontais tout à l'heure, j'ai un peu connu l'Immortel. Ne me demande pas comment, mais il y a plusieurs années, j'ai récupéré quelque chose qui lui appartenait.

M'Butu a ouvert un tiroir et a brandi un sachet de cuir sombre de la taille d'une noix.

– Tu as entendu parler de Force noire ?

J'ai fait signe que non.

– Certains la surnomment Force nocturne ou Force de la Nuit. *Barika Sou*… C'est ce qui a permis à ton grand-père Koulibali de survivre à toutes ces batailles durant des décennies. Il lui suffisait de dormir avec…

La surprise m'a collé la langue au palais et j'ai été incapable de formuler le moindre son.

– Il serait juste que tu la portes, n'est-ce pas ? a-t-il renchéri. Surtout à la veille de prendre les armes… Je suis donc décidé à te la remettre. Mais tu dois savoir que pour l'obtenir, j'ai dû consentir à quelques sacrifices et qu'en retour, j'en exigerai autant de toi. Un sacrifice financier, d'abord. Et comme je me doute que ta bourse est vide, j'ai réfléchi à un arrangement : ta prime d'engagement de cent francs, c'est moi qui la toucherai.

Il m'a tendu un nouveau document en me montrant l'endroit où signer. Après quoi il s'est penché vers moi, l'air menaçant.

– L'autre chose à te dire, c'est qu'il s'agit d'une magie très puissante. Une magie à laquelle il ne faut surtout pas manquer de respect… Il y a deux règles à suivre, en toutes circonstances. La première, c'est de garder l'amulette cachée et de n'en parler à personne. Faute de quoi, elle perdrait ses pouvoirs et ne pourrait plus te protéger. La deuxième, c'est de ne jamais chercher à l'ouvrir. Ou bien l'amulette se retournerait contre toi et tu serais certain de mourir. Le lendemain même... Tu m'as compris, Bakary Sakoro ? »

J'ai juré que oui et j'ai rangé le petit sachet de cuir au fond de ma besace. Deux jours plus tard, le convoi des nouvelles recrues devait quitter Ségou pour Bamako. Au moment de partir, j'ai tenu à faire mes adieux à Malinko Malinké. Après tout, c'est de lui que dépendait désormais le bonheur de Djenly... Lorsque nous nous sommes serré la main, il n'a pas pu s'empêcher de détourner les yeux. Je n'ai rien dit, mais j'ai supposé que c'était une manière de me demander pardon. Aujourd'hui, je sais que je me trompais.

5

11 octobre, 19 h 32

Le visage de Bakary s'éclaira tandis qu'il reprenait son récit :

– C'était la première fois que je partais de chez moi et c'était comme marcher sur la lune. Tout était différent : les paysages, les odeurs, les lumières, la façon de se déplacer, de se nourrir… J'ai fréquenté des gens que je n'aurais jamais fréquentés ailleurs, à commencer par les trois larrons qui allaient devenir plus que mes frères : le Siffleur, Goliath, et l'Intellectuel.

– Ils ont des noms bizarres sur la lune.

– Là où nous sommes allés, crois-moi, c'était aussi loin que la lune. Et le plus dur était d'en revenir… Quant à leurs surnoms, ils faisaient mieux que les mériter. Le premier que j'ai rencontré s'appelait Hampaté Diallo. Nous étions arrivés en fin d'après-midi à la caserne de Bamako où nous devions passer la visite médicale et accomplir les dernières formalités. Je n'avais jamais vu de bâtiment aussi haut et j'étais monté sur la terrasse du troisième étage pour profiter du panorama. La ville était un mélange de cases traditionnelles qui descendaient en nappe vers le Niger et de constructions modernes en hauteur qui formaient le quartier européen. C'était l'heure du repas du soir et l'ensemble des recrues s'étaient dirigées vers le réfectoire. Pour ma part, je n'avais pas très faim. Je pensais à ma mère, à Djenly, à mes deux sœurs... C'est alors que je l'ai entendu. Un ricanement sourd qui venait des jardins. Une hyène... Je me suis demandé si je ne rêvais pas, mais la bête s'est manifestée à nouveau. Rien d'agressif, plutôt un appel à l'aide. Se pouvait-il qu'en pleine ville, à des dizaines et des dizaines de kilomètres de chez moi, l'animal fétiche des Sakoro m'offre l'occasion de me racheter?

J'ai descendu les marches aussi vite que possible – je n'étais pas habitué aux escaliers! – et j'ai couru vers les grands fromagers d'où s'élevait la plainte. Sauf que le cri de la hyène s'était transformé d'un coup en grognement de singe, de ceux que poussent les mères en quête de leurs petits... Un singe avec une hyène, voilà qui n'était pas banal ! J'ai atteint le bouquet d'arbres et découvert, au pied d'un tronc, un jeune homme en boubou vert qui soufflait dans ses mains jointes et imitait à la perfection le « ouh ouh ouh » de la mère inquiète. Les anciens racontaient des histoires de génies capables de prendre successivement l'apparence d'un humain ou d'une bête, mais à la manière dont celui-là m'a jeté un regard étonné, j'ai bien vu qu'il n'avait rien d'un djinn. Nous nous sommes dévisagés puis je l'ai applaudi. Il m'a alors invité à m'asseoir et m'a régalé d'un concert de sifflements d'oiseaux comme je n'en avais jamais entendu auparavant : le faucon, le héron cendré, l'engoulevent, le souimanga, une demi-douzaine d'hirondelles, de gobe-mouches, de coucous ; ce garçon avait une volière dans le gosier !

– Le Siffleur, déduisit Alma.

– Parfaitement. Il venait de la région de Ségou, comme moi, mais d'un village plus à l'est. Il m'a expliqué que plus jeune il avait eu un perroquet gris capable de reproduire la plupart des bruits d'animaux et en particulier ceux des oiseaux. C'est en l'écoutant qu'il avait appris... Ce qui nous a rapprochés, surtout, c'est qu'il craignait d'être recalé à l'examen médical du lendemain : il était petit, à peine la taille d'un enfant de douze ans. La veille, m'a-t-il confié, les médecins de la caserne avaient renvoyé chez eux tous ceux qui mesuraient moins d'un mètre cinquante-cinq. Or, Hampaté Diallo faisait un mètre cinquante-trois.

– Dix centimètres de moins que moi ! s'exclama Alma.

– Tu vois, tu aurais pu largement aller à la guerre... Fasse le ciel que ça n'arrive jamais !

– Pourquoi tenait-il tant à la faire, cette guerre, s'il était si petit ?

– Il avait un rêve et ce sont les rêves qui nous rendent plus grands. Lui voulait monter sur les planches, se produire en public. Bref, devenir saltimbanque. Pour cela, il devait aller en France et il était prêt à tout. Lorsqu'il m'a demandé de l'aider, je n'ai pas pu lui refuser.

– Il vous a dit de le porter pendant qu'on le mesurait ?

– Hampaté était petit, il n'était pas idiot. Après

que je lui eus expliqué que j'étais embêté moi-même à cause de mon âge, il m'a touché le bras et il m'a parlé à l'oreille :

« Tu as la bonne taille, Bakary, et moi j'ai la bonne idée. Si on s'y prend bien…

Il m'a conduit derrière une bâtisse toute blanche à l'entrée de la caserne en mettant un doigt sur sa bouche :

– Il y a deux gardes à l'opposé, a-t-il chuchoté. Ils font parfois des rondes. Tu dois me soulever jusqu'à la fenêtre là-bas, pour que je rentre à l'intérieur.

– Qu'est-ce qu'il y a à l'intérieur ?

– L'infirmerie, là où a lieu la visite médicale.

– Et une fois dedans ?

– Une fois dedans…

Il n'a pas fini sa phrase et s'est avancé sous la fenêtre dont la partie supérieure était entrebâillée, à deux mètres cinquante au moins du sol. Je l'ai pris sur mes épaules et il s'est hissé jusqu'à l'ouverture qu'il a élargie en appuyant sur le carreau. En la circonstance, sa petite taille lui a été précieuse. Il s'est faufilé comme un acrobate et je l'ai entendu se recevoir sur le sol, de l'autre côté de la vitre opaque.

– Pas de bêtise, hein ! je lui ai glissé.

– Sois tranquille, copain, a-t-il répliqué. Je nous ramène deux billets pour la France!

Ses pas se sont éloignés et je n'ai plus eu de nouvelles. »

Alma attendit la suite mais rien ne vint.

– Plus de nouvelles... du tout? fit-elle, incrédule.

– Plus de la soirée, non. J'ai patienté derrière un buisson, mais il n'est pas réapparu. La nuit est tombée et j'ai dû gagner mon dortoir. Où d'autres surprises m'attendaient... On nous avait mis à dormir dans des chambrées de trente, sur des lits d'hôpital, et la plupart d'entre nous hésitaient à s'allonger sur ces choses métalliques qui couinaient. Mon voisin était un grand type silencieux, deux fois large comme moi et qui me dépassait d'une tête. Il ne se mêlait pas aux autres et restait toujours en retrait. J'avais essayé de lui parler mais sans succès. Il faut dire que nous venions tous de régions différentes de la colonie : il y avait des Peuls, des Bambaras, des Toucouleurs, des Mossi, des gens de la forêt, du fleuve, de la savane, de la côte... Nous n'avions pas tous la même langue, même si nous avions certains mots en commun. Autant te dire que dans la caserne, c'était la cacophonie. Les officiers français ne s'adressaient à nous qu'au travers d'un interprète et la consigne était de baisser les yeux lorsqu'on recevait un ordre. Ils se préparaient déjà à nous dresser.

L'incident s'est produit lors de la toilette du coucher. Les nouveaux arrivants que nous étions n'avaient jamais utilisé de robinet, ni de pain de savon, ni de miroir… Cette eau qui coulait miraculeusement aux becs de fer avait provoqué un chahut d'éclaboussures et nos officiers ont surgi en grondant pour remettre de l'ordre. L'un d'eux, le sous-lieutenant Mogette, qui était réputé pour sa sévérité, a fait tournoyer sa canne en l'air en faisant mine de cogner ceux qui se trouvaient à proximité. Inutile de te dire que le calme est revenu rapidement et qu'avec nos serviettes en guise de pagne, nous nous sommes tous mis au garde-à-vous. Tous, sauf mon voisin de lit.

– Goliath ? émit Alma.

– Encore gagné, Sherlock Holmes ! Il était au fond de la salle, dans les douches collectives. En train de se savonner, tourné vers le mur. Malgré les injonctions du sous-lieutenant et ses coups sur le carrelage, il ne bronchait pas. L'officier s'est approché en agitant les bras et en vociférant, mais sans résultat. Ça m'a rappelé mon oncle Diarra : un jour, un bouc malade s'est échappé d'un enclos et a foncé droit sur lui. Les enfants dont j'étais se sont égosillés pour le prévenir, mais il somnolait sur sa chaise et il n'a pas bougé. Le bouc l'a percuté de plein fouet avant d'aller dévaster sa case.

– Je ne vois pas le rapport, grommela Alma. Le sous-lieutenant Machin-Chouette avait des cornes et il sentait mauvais ?

– Mon oncle Diarra était sourd, il est là le rapport. Une vraie pierre… Comme ce pauvre Goliath. Ça m'a semblé évident, soudain. C'est pour ça que Goliath ne me répondait pas et qu'il se tenait à l'écart des autres. Pour ça aussi qu'il restait de dos alors que son supérieur hurlait deux mètres derrière. Excédé, le sous-lieutenant Mogette a fini par lever son espèce de canne pour le forcer à obéir. Dans ma tête, j'ai vu mon oncle Diarra et le bélier… Et peut-être bien Salimata et la hyène, je ne sais plus. Je me suis précipité.

« Il est sourd ! j'ai crié en arrêtant son bras. Il est sourd ! »

Bien sûr, le sous-lieutenant ne saisissait pas un traître mot de ce que je racontais. Il a juste vu une recrue qui se dressait contre lui et s'opposait à son autorité. Le coup de canne, c'est moi qui l'ai pris. Sur l'épaule... Puis un deuxième sur la cuisse. Goliath a fait volte-face à cet instant. Je ne sais pas ce qu'il a compris de la situation, mais son réflexe a été de s'interposer. Il a reçu le troisième coup en plein ventre, sans même sourciller. Il était prêt à riposter – il avait des poings gros comme des melons d'eau – et les choses auraient pu vraiment mal finir si un autre officier ne s'en était mêlé. Il a raisonné son collègue et nous a expédiés dans notre dortoir. Mogette nous a laissés partir avec une lueur assassine dans le regard. Il a lâché quelques menaces incompréhensibles sur notre passage et je me suis juré que si je réussissais à aller en France, j'apprendrais le français.

Bien plus tard dans la nuit, alors que je m'étais endormi, j'ai senti qu'on me secouait. Les grosses mains de Goliath... Il faisait noir, ça ronflait de partout, les ressorts des lits grinçaient et il s'est penché sur moi.

« *Ab... Abar... Abarika,* a-t-il bredouillé. »

En bambara, ça voulait dire *merci*.

6

11 octobre, 19 h 52

– Le Trop Petit, le Trop Jeune et le Sourd, c'est presque une fable de La Fontaine ! s'exclama Alma tandis que Bakary se renfonçait dans son fauteuil.

– C'est là où nous avons compris que nous avions besoin les uns des autres. Et de toute la guerre, ça n'a pas changé.

– Et l'Intellectuel ?

– Lui est arrivé après. C'est qu'il nous restait une dernière étape à franchir avant d'entrer officiellement dans l'armée. Et comme tu le dis si bien, nous avions toutes les raisons d'être recalés… Le lendemain de cette première journée, on nous a rassemblés pour la visite médicale.

Hampaté n'avait pas refait surface et je n'étais pas loin de croire qu'il avait été pris la main dans le sac. Lorsque les portes de l'infirmerie se sont ouvertes, on nous a fait entrer et déshabiller dans la grande salle où siégeait le conseil de révision. Deux militaires derrière une table avec des dossiers et un registre posé devant eux, plus un médecin en blouse blanche qui portait un stéthoscope à cornet autour du cou. Nous étions tous très impressionnés et on entendait les mouches voler…

L'un des officiers a pris le premier feuillet sur la pile et a appelé :

« Diallo, Hampaté !

Un silence embarrassé a suivi.

– Diallo, Hampaté ! a répété l'interprète qui se tenait à nos côtés.

C'est alors que mon nouvel ami a surgi de la pièce voisine, là où se trouvaient les latrines, son boubou vert sous le bras, aussi nu que nous l'étions tous. Il s'est excusé en racontant qu'il avait eu un besoin pressant et s'est présenté devant le conseil, comme si de rien n'était. Je dois admettre qu'il avait de l'audace et un certain talent de comédien… Le médecin l'a ausculté sous toutes les coutures, puis le moment fatidique est arrivé : Hampaté a dû passer sous la toise, une sorte de longue tige en bois verticale, montée sur un socle de planches et munie d'une réglette coulissante pour mesurer la taille. Le médecin a ajusté la réglette sur le crâne d'Hampaté avant d'annoncer :

– Un mètre cinquante-sept ! »

Le Siffleur avait pris quatre centimètres dans la nuit, il était bon pour le service !

– Ma mère prétend que pour grandir, il faut manger de la soupe, remarqua Alma. Votre Hampaté a dû en avaler quelques litres...

– À ce moment-là, j'ignorais ce qu'il avait pu manigancer. Jusqu'à ce qu'un imprévu survienne : la cinquième ou sixième recrue après lui a fait tomber la toise en mettant le pied sur son socle. Le médecin a grommelé je ne sais quoi et a dû remettre en place tout l'appareillage avant de poursuivre ses examens.

– Le Siffleur l'avait trafiqué, commenta Alma. Pour gagner quatre centimètres.

– C'est aussi ce que j'ai pensé. Un peu plus tard, mon tour est arrivé. L'officier a vérifié mon âge et comme par magie, moi aussi j'avais gagné quelque chose : une année supplémentaire ! Après quoi le docteur m'a examiné comme si j'étais un cheval au marché aux bêtes : il m'a tâté les muscles, il m'a compté les dents, il m'a demandé de regarder à droite et à gauche et, pour finir, il m'a déclaré apte. Je faisais officiellement partie de l'armée française.

– Il aurait peut-être mieux valu pour vous qu'on vous refuse…

– C'est le propre des jeunes gens que de courir vers le précipice les yeux fermés. Ce n'est qu'après, en se retournant, qu'ils réalisent à quoi ils ont échappé.

– En tout cas, le Siffleur avait mené à bien la mission des dix-huit ans…

– En réalité, il n'en avait pas eu besoin, il me l'a avoué après : M'Butu, celui qui m'avait vendu Force noire, s'en était chargé. Restait le cas de Goliath… Si le docteur devinait pour sa surdité, il était bon pour rentrer chez lui. Aussi, lorsque l'interprète lui a commandé de tourner les yeux à droite et à gauche, de baisser la tête ou de tendre les bras, nous lui avons fait de grands gestes depuis le fond de la salle. Qu'il a scrupuleusement répétés. Le conseil de révision n'y a vu que du feu.

– Bref, vous étiez trois escrocs !

– Nous n'avons pas fait beaucoup de mal. Et

au bout du compte, ce sont nos vies que nous mettions en jeu.

– Vous n'avez jamais regretté ?

– Les regrets, il faudrait les avoir avant, ensuite, ça ne sert plus à rien. Et pour être franc, au début, nous étions mêmes euphoriques. Après Bamako, on nous a envoyés en train à Dakar, d'où nous devions prendre le bateau pour la France. Le train puis le bateau, c'était comme entrer d'un coup dans le vingtième siècle ! Et ce port de Dakar, immense ! Cet enchevêtrement de rails, ces quais débordants de poissons, d'arachides, de sacs de café et de cacao, ces montagnes de charbon que des dockers noirs de suie pelletaient à même les débarcadères, cette foule de matelots, de passagers, de curieux... Notre navire était haut comme un immeuble et le jour où nous avons pris la mer, un troupeau de dauphins nous a escortés vers le large. À bord, la nourriture était convenable, nous passions le plus clair du temps à bavarder, on ne nous demandait rien d'autre qu'un peu de gymnastique et le respect des appels au clairon. Nous avons vécu là une bonne période, loin de l'enfer qui nous engloutirait bientôt. Ces dix jours de traversée auraient même pu constituer une croisière agréable s'il n'y avait eu un certain officier…

– Le sous-lieutenant Mogette ?

– Il n'avait pas digéré notre première confrontation. Il a tenté de nous provoquer à plusieurs reprises en nous imposant deux fois plus de corvées qu'aux autres : épluchage des pommes de terre, nettoyage des cabines des gradés, récurage des toilettes… Il espérait que nous protesterions, ce qui lui aurait donné l'occasion de sévir. Mais Goliath et moi avions compris que nous ne pouvions nous permettre le moindre écart. Nous avons donc été d'une docilité à toute épreuve. Jusqu'au moment où, deux jours avant notre arrivée en France, notre tortionnaire a estimé que ce n'était plus suffisant. Nous avions établi nos quartiers sur le pont inférieur du bateau avec Hampaté et quelques camarades, car en tant que recrues, nous dormions à la belle étoile. Nous avions là nos balluchons et les couvertures qu'on nous avait distribuées, plus quelques provisions grappillées au réfectoire. Régulièrement, Mogette se plantait sur le pont supérieur, juste au-dessus de nous, accoudé à la rambarde. Il fumait en faisant mine de regarder l'océan et en lâchant ses cendres sur nos têtes. Il attendait son heure.

– Ce type était un malade, oui !

– Certaines personnes ne se sentent exister que lorsqu'elles dominent les autres. Mogette était de celles-là. Ce fameux jour sur le bateau, il a déboulé vers nous avec deux autres officiers, plus le commandant de bord et l'interprète. Nous faisions une partie de *Yoté,* un genre de jeu de dames avec des fèves de cola. Il a pointé son doigt directement sur Goliath et a prononcé plusieurs phrases lourdes de menaces. Il nous a fallu deux bonnes minutes pour réaliser qu'on nous accusait de vol. Ensuite, tout est allé très vite... Le commandant a farfouillé dans nos affaires et déniché, contre le bagage de Goliath, un briquet en argent. Mogette a dû s'écrier quelque chose du genre : « C'est le mien ! », et l'interprète a traduit la discussion qui a suivi. Selon le sous-lieutenant, ce briquet lui avait été dérobé dans sa cabine le matin même, alors que nous faisions le ménage. Nous avons nié le vol, bien sûr, tout en admettant avoir été de corvée chez Mogette. Le commandant a voulu savoir à qui appartenait le bagage et, pour éviter des ennuis à Goliath, j'ai prétendu qu'il était à moi.

J'ai expliqué à l'interprète que le briquet avait dû être jeté du pont supérieur, qu'un voleur ne conserve pas son butin à côté de son sac et à la vue de tous, mais la parole d'un gradé était d'un autre poids que celle d'un jeune volontaire. Même si, je l'ai appris plus tard, Mogette n'avait pas si bonne réputation que ça : il était jugé cruel et impulsif par les siens. Pour lui éviter de perdre la face, néanmoins, c'est moi qu'on a mis aux arrêts. Le temps de mener un semblant d'enquête...

– Mis aux arrêts ?

– Chez les militaires, ça veut dire aller en prison. Et comme il n'y avait pas de cellules sur le bateau – il transportait habituellement des marchandises – les officiers avaient aménagé une pièce à fond de cale, près de la salle des machines. Un réduit sombre, surchauffé, qui sentait l'huile de moteur et l'humidité. La surprise, c'est qu'elle n'était pas vide : quelqu'un était déjà enfermé là. L'Intellectuel...

– Décidément, plaisanta Alma, vous savez choisir vos amis. Et pourquoi était-il emprisonné, lui ? Trop jeune ? Trop petit ? Trop sourd ? Tout à la fois ?

– C'était plus grave que ça : on lui reprochait

son insubordination. Il avait refusé d'obéir à ses chefs et avait discuté leurs ordres. Mais là encore, si on veut comprendre l'histoire, il faut…

– … revenir au début, soupira Alma, je crois que j'ai compris.

– Son nom était Lassana Diop, enchaîna Bakary. Il avait vingt-quatre ans, il était maigre comme un clou, les cheveux rasés, et il portait des lunettes rondes qui lui donnaient un air de vieux sage. Surtout, il était né à Dakar. Or, les habitants de Dakar avaient un statut spécial : ils étaient considérés comme des citoyens français à part entière, avec des obligations identiques. Notamment celle de faire la guerre pour défendre leur patrie.

– Ce qui veut dire que contrairement à vous, il n'était pas volontaire… déduisit Alma. C'est pour ça qu'on l'avait arrêté, parce qu'il ne voulait pas se battre ?

– C'est un peu plus compliqué, nuança Bakary. Lassana était d'une famille de commerçants prospères, il avait fait des études et voulait devenir avocat. Surtout, il avait des idées. Sur l'égalité, la liberté, des choses dont j'ignorais même l'existence. Et avant tout, il détestait l'injustice.

C'est pour cette raison qu'il s'est accroché avec un des officiers sur le navire.

– Mogette ?

– Pas cette fois... C'était à propos des repas servis au réfectoire. Les soldats originaires de Dakar recevaient moitié plus de viande que ceux du reste de la colonie. Juste parce qu'ils étaient français. Lassana ne l'a pas supporté.

– Ça l'avantageait plutôt...

– Il avait des principes qu'il plaçait au-dessus de son intérêt personnel. Il a exigé haut et fort que toutes les recrues soient logées à la même enseigne. Un caporal est intervenu et la discussion s'est envenimée. Lassana l'a traité de « tyran imbécile ».

– Ouah ! « Tyran imbécile » ! Ça c'est de l'insulte !

– Sauf que dans l'armée, manquer de respect à un chef, c'est presque de la trahison. Voilà comment nous avons fait connaissance dans une prison au fond d'un bateau.

– Ça rapproche, remarquez.

– D'autant que l'Intellectuel était quelqu'un de très aimable et très...

Alma fit signe au vieil homme de parler moins fort : il y avait à nouveau du bruit dans le couloir. Elle courut coller son oreille à la porte en tournant le verrou.

– Je te dis que j'y suis allé ! protestait Robert.

– Je préfère vérifier moi-même, si tu permets, répondait la mère d'Alma.

Sa voix n'avait pas la même tonalité qu'à l'habitude. Moins autoritaire et plus angoissée. Les larmes n'étaient pas loin, apparemment... Elle dut ouvrir leur chambre de bonne, à quelques mètres de là, et sa déception fut perceptible.

– Alors je ne comprends pas où est passé ce gros trousseau... soupira-t-elle.

– Vous n'avez pas de double de toutes les clés ? s'enquit Robert.

– On aurait dû en faire, mais mon père n'a jamais été pour.

Elle essaya une à une les autres portes et Alma se félicita d'avoir fermé la numéro sept.

– Ma petite chérie... laissa échapper sa mère. Je... je ne sais pas ce qui lui a pris...

La dernière fois que sa mère lui avait donné du « ma petite chérie », c'était lorsque Alma avait appris la vérité à propos du Père Noël. Autant dire que l'heure était grave.

– On va rappeler Gladys, proposa Robert, elle aura peut-être eu des nouvelles...

Ils s'éloignèrent vers l'escalier dans un silence accablé et Alma songea qu'il n'y avait pas de grande victoire sans une certaine générosité envers les vaincus.

– Cette fois, je crois que je vais y aller, annonça-t-elle.

Bakary hocha la tête avec un sourire compréhensif.

– Moi aussi, approuva-t-il en replaçant l'album dans le carton. Je discute, je discute, mais avec la nuit, je n'y vois plus clair. Je reviendrai demain.

– Mes cours finissent à quatre heures, souffla-t-elle en tournant la poignée. Je... je repasserai peut-être.

7

12 octobre, 16 h 48

Bakary était déjà là, dans le même costume et avec la même chemise que la veille, son grand cahier de souvenirs ouvert sur les genoux. Alma s'assit lourdement par terre, en fixant les taches d'humidité sur le mur. Elle était d'une humeur massacrante et n'avait aucune intention d'ouvrir la bouche. Il dut le comprendre car il observa d'abord un silence prudent en faisant mine de tourner les pages. Il laissa s'écouler une bonne minute puis se racla discrètement la gorge.

– Ça s'est mal passé avec ta maman ? essaya-t-il.

– Ce n'est pas ma *maman*, lâcha-t-elle sans

desserrer les dents, c'est ma mère. Et puis non, ça ne s'est pas mal passé. Quand je suis rentrée, elle m'a couverte de baisers. Presque autant que son petit chéri d'Alphonse-Casse-pieds lorsqu'elle le prend dans son berceau.

– Alphonse-Casse-pieds ?

– C'est de l'humour familial, laissez tomber.

– Alors, qu'est-ce qui ne va pas ?

Alma était à la fois parfaitement déterminée à se taire et infiniment désireuse de se confier. Entre les deux, son cœur ne balança pas longtemps.

– Disons que j'ai moi aussi un sous-lieutenant Mogette et un Malinko Malinké, soupira-t-elle.

– Aïe… Je peux savoir ?

– Eh bien… Je ne fais peut-être pas l'armée comme vous, mais je vais à l'école. Des fois, ça ressemble… Et mon professeur d'histoire, M. Pilar, il ne lui manque que l'uniforme et le fusil. En fait, je crois qu'il me déteste.

– À ce point-là ? Pourquoi ?

– Je suis sa meilleure élève.

– Tiens ! lâcha le vieil homme, interloqué. Ce n'est pas ordinaire !

– Il me reproche d'intervenir en classe seulement pour l'embêter. Ce qui est assez vrai, d'ailleurs… Mais pas toujours. Cet après-midi, par exemple, il nous parlait de l'Antiquité et de la manière dont les Romains avaient multiplié les conquêtes en Afrique. Je lui ai demandé s'ils engageaient des soldats de leurs colonies pour aller faire la guerre ailleurs, comme nous en 14-18. Il a dit que je mélangeais tout, que je faisais exprès pour retarder le cours, et que si j'étais si maligne, je n'avais qu'à répondre à mes questions moi-même. Du coup, il m'a collé un devoir à la maison : « Le légionnaire et le Poilu, points communs et différences ». Pour lundi. Si vous avez des idées…

– C'est assez rude, admit Bakary.

– Certaines personnes ne se sentent exister que lorsqu'elles dominent les autres… cita Alma.

– D'accord. Et ton Malinko Malinké ?

– Mon Malinko à moi est une Malinka…

– Pardon ?

– Une fille. Gladys.

– Gladys ? Ce… ce n'est pas ta meilleure amie ?

– C'était. Jusqu'à 10 h 17 ce matin. Elle m'a planté un coup de poignard dans le dos. Le poignard s'appelle Jonas. Il est grand, il est blond, il a des yeux bleus, et il m'ignore totalement, sauf les jours où il y a contrôle de mathématiques.

Ces jours-là, il s'assoit à côté de moi. Je suis aussi la meilleure en mathématiques.

– Tu veux dire qu'il triche ?

– Je ne crois pas qu'il tombe amoureux des petites brunes aux yeux marron une fois toutes les trois semaines.

– Les garçons sont parfois idiots.

– Non, les garçons sont parfois intelligents, nuance. Mais il est beau. Très beau.

– Il se doute de quelque chose ?

– Je n'ai jamais osé discuter avec lui. Par contre, je me suis confiée à Gladys. Et qu'est-ce qu'elle a fait ce matin à 10 h 16 ? Elle a invité Jonas au cinéma. Pas pour n'importe quel film, pour *Indiana Jones et le temple maudit*. Qui vient juste de sortir. L'arme absolue.

– Et il a accepté ?

– Oui, à 10 h 17.

– Mince, compatit Bakary, si tu avais su…

– Si j'avais su, j'aurais noyé Gladys au cours de natation mardi dernier.

– Il y a… il y a peut-être d'autres manières de faire, non ?

– Il y en a qu'une : le cours de natation de mardi prochain.

Bakary partit d'un rire sonore :

– Tes camarades ne se doutent pas de la chance qu'ils ont de te côtoyer !

– Peut-être qu'il est plus facile de se faire de vrais amis en temps de guerre qu'en temps de paix... songea Alma tout haut. Si Gladys et moi on s'était rencontrées dans une prison flottante, elle n'aurait pas invité Jonas au cinéma, j'en suis sûre. Est-ce que l'Intellectuel vous a déçu, par la suite ?

– Jamais, fit le vieil homme, catégorique.

– Vous voyez...

– Ça ne prouve pas que la prison soit le meilleur endroit pour se faire des amis. Si tu pouvais t'en rappeler avant de noyer ton amie !

Alma haussa les épaules. Elle n'avait l'intention de noyer personne, bien sûr. Elle-même peinait si souvent à rester à la surface...

– Racontez-moi comment vous avez quitté la salle des machines, reprit-elle, ça m'évitera de penser à Gladys.

Bakary toucha la médaille au revers de sa veste.

– Eh bien... Le plus naturellement du monde, en remontant sur le pont ! Lassana avait fait ses trois jours de cachot et, en ce qui me concernait, l'enquête n'avait rien prouvé. Pour éviter de mettre Mogette dans l'embarras, le commandant a conclu que le briquet avait dû tomber de sa poche pendant qu'il fumait au-dessus de nous. Inutile de dire que notre sous-lieutenant l'avait plutôt mauvaise. De toute façon, nous nous rapprochions des côtes françaises, la priorité était ailleurs.

– Et qu'est-ce que ça vous a fait d'arriver en France ?

– Nous avons accosté dans le port de Marseille, au milieu des grues, des navires de guerre, des camions militaires, avec cette colline en arrière-plan, couverte de constructions et cette église majestueuse qui narguait les nuages. On se demandait tous comment tant de gens pouvaient vivre entassés les uns sur les autres... Où ils trouvaient toutes ces pierres pour bâtir des immeubles si hauts, ce qu'ils avaient fait de la nature, des animaux, des plantes... On écarquillait les yeux devant ces Blancs si bien habillés, ces tramways qui sillonnaient la ville comme des insectes pressés, ces lumières qui s'allumaient seules à la tombée de la nuit, ces publicités énormes sur les murs, ces marchandises à profusion dans les vitrines. Le plus souvent nous étions incapables de mettre même un nom sur les choses qu'on voyait. Une raison de plus d'apprendre le français... Ce qui nous saisissait, aussi, c'était le froid. Nous étions au mois de décembre et nos pauvres couvertures ne suffisaient pas à nous réchauffer dans nos boubous gelés. Quelle idée de bâtir tant de merveilles dans un endroit aussi peu fait pour l'homme !

– Et les Français, ils vous ont accueillis comment ?

– Au début, nous n'avions pas l'autorisation de nous mêler à eux. Après le débarquement à Marseille, on nous a emmenés tout de suite à Fréjus, où d'autres soldats africains étaient regroupés. Les premiers jours, on a dormi sur la plage, sous des tentes. Puis on nous a mis dans des baraques en bois, par groupes de quatre-vingts. C'est là où nous devions passer nos mois d'instruction militaire, avant de rejoindre le front. Il y avait des lits superposés, un poêle à bois en guise de radiateur et du mobilier rudimentaire. La cantine, l'infirmerie ou les sanitaires se trouvaient répartis dans des baraques autour, et tout cela constituait une sorte de village dans lequel nous passions le plus clair de notre temps. Du moins quand nous ne participions pas aux exercices physiques, bien sûr.

– J'aime bien l'éducation physique, intervint Alma. Ma prof, Mlle Martel, elle est super-sévère, mais c'est ma préférée. Comme quoi…

– On était assez loin des cours de sport, avança Bakary. Et aussi sévère que soit Mlle Martel, je pense qu'à côté de l'adjudant Flochard, ce n'est qu'un agneau qui vient de naître. Flochard était un instructeur impitoyable, une vraie terreur. Non pas – contrairement à quelques-uns de ses collègues – parce que nous étions noirs, mais parce que selon lui, il n'y avait aucun autre moyen de gagner cette guerre. Et de sauver notre peau une fois là-bas… Il nous faisait courir durant des heures, équipés du barda réglementaire : le sac, la gourde, la cartouchière, le masque à gaz, le fusil, plus le poids de l'uniforme. Certains ne parvenaient pas à s'habituer à leurs chaussures, à la fois parce qu'elles leur faisaient mal et parce qu'ils ne sentaient plus la terre sous leurs pieds. Flochard nous faisait creuser de fausses tranchées, ramper sous des barbelés, slalomer à cloche-pied entre des piquets, porter nos camarades sur des distances interminables… La rumeur voulait que les premières recrues venues de l'A.-O.F. aient été expédiées au front sans entraînement véritable et le résultat avait été meurtrier. Alors nous serrions les dents, nous baissions la tête et nous continuions d'avancer.

Et puis il y avait la découverte des armes, bien sûr… Le fusil Lebel, la mitrailleuse Saint-Étienne, le canon de 75, les mortiers, les grenades… Tout ce que le génie humain avait mis des siècles à perfectionner et qui servait maintenant à la destruction d'autres hommes.

– En même temps, personne ne vous avait forcé.

– J'étais là pour mon frère.

– Les autres en face aussi avaient des frères ?

– Je suis content de voir que tu as meilleur moral, apprécia Bakary et que tu retrouves ta bonne humeur. Mais c'était la guerre, Alma. Aucun d'entre nous ne l'avait voulue. Que serait-il arrivé à ton pays s'il n'y avait eu personne pour le défendre ?

– Bref, Flochard a fait de vous de bons petits soldats ?

– Bons, sans doute pas. Flochard nous a permis d'acquérir des réflexes, une pratique, de l'endurance. Mais nous n'étions encore que des comédiens en costume, des soldats d'opérette. Car rien ne prépare au champ de bataille. Pour ma part, je me débrouillais plutôt pas mal au tir. J'avais de l'entraînement, il faut dire. Pas au fusil, mais à l'arc. Après la disparition de Salimata, je suis retourné souvent sur ce bras du Niger. Je montais dans le même arbre, avec mon arc et mes flèches. Je refaisais dans ma tête le parcours de la hyène et je m'imaginais en train de l'arrêter avant qu'elle n'atteigne la sœur de Djenly. Je visualisais l'endroit et je plantais ma flèche dans la touffe d'herbe ou la motte de terre que j'avais choisie. À chaque fois que je touchais, c'est comme si je la sauvais...

Après quoi je me cachais, silencieux comme le serpent, et je m'exerçais sur des oiseaux, des lézards, des poissons... Il m'est arrivé quelques fois de revenir la nuit, aussi, et de chasser à l'oreille. J'espérais rencontrer l'esprit de la hyène, réparer les erreurs que j'avais commises. Mais ce n'est pas le genre d'erreur que l'on peut réparer, n'est-ce pas ?

Quoi qu'il en soit, durant toutes ces années, l'arc est devenu comme le prolongement de mon bras. Et ça m'a servi quand il a fallu tirer au fusil, même si la tenue est différente et que la dureté du canon ne vaut pas le bois ni la corde. Ces dispositions m'ont évité aussi quelques colères de Flochard et rien que pour ça, je bénis mes heures de solitude sur le Niger !

– Et les trois autres, ils s'en sortaient comment ?

– Driss… je veux dire Goliath, me suivait partout, attentif à mes moindres gestes. À cause de son problème et de son allure, les autres le prenaient pour un imbécile, mais en réalité, il était très intelligent. Capable de comprendre une situation, voire de l'anticiper, grâce à des détails qui nous échappaient à nous : un mouvement des yeux, un frémissement du visage, une main qui se crispait… Depuis tout petit, il avait appris à lire le monde à sa façon et il y parvenait fort bien. Pour lui faciliter les choses, l'Intellectuel et moi avons décidé de lui apprendre quelques mots, ce qui lui demandait des efforts de concentration terribles avec un résultat souvent décevant. Par contre, pour ce qui était de l'entraînement, il nous surclassait tous : il était infatigable et soulevait n'importe quelle charge que nous aurions peiné à déplacer à plusieurs.

Tout le contraire d'Hampaté qui souffrait, lui, de son mètre cinquante-trois. Mais il était tenace et les autres lui donnaient volontiers un coup de main. Il faut dire qu'aux baraquements, il était le premier à mettre l'ambiance, jamais en reste d'une farce ou d'une pitrerie. Il était même devenu la mascotte du bataillon. Les jours de repos, il donnait de vrais spectacles où il imitait tout un tas d'animaux et de gens, et surtout nos officiers. Succès garanti… Tout cela le confortait dans l'idée que son avenir était sur les planches.

Quant à l'Intellectuel, je crois qu'aucun soldat de l'A.-O.F. n'a écopé d'autant de jours de prison que lui. Il a dû passer plus de temps aux arrêts qu'à l'air libre… Chaque fois qu'il le pouvait, il se lançait dans de grands discours sur les inégalités de traitement entre soldats blancs et noirs, sur la nécessité pour tous les Africains d'obtenir la citoyenneté en échange de leur sacrifice pour la patrie, etc. Ce genre de propos était considéré comme une preuve d'insoumission et lui valait non seulement des sanctions de ses supérieurs mais aussi l'hostilité de ses camarades de Dakar. Résultat, Lassana les évitait le plus possible, et lorsqu'il ne croupissait pas dans une cellule, c'est nous qu'il rejoignait. Nous étions en quelque sorte les quatre mousquetaires de Fréjus, inséparables dans la vie comme au combat…

– Qui jouait d'Artagnan ?

– Aucun d'entre nous n'ayant lu le livre, ça nous évitait d'avoir à nous disputer.

– Est-ce que les mousquetaires vous ont aidé à retrouver votre frère ?

– Ils ont tout fait pour.

Bakary s'interrompit alors, pensif.

– Mais parfois, ajouta-t-il, il arrive qu'on trouve quelque chose sans même se douter qu'on le cherchait.

8

12 octobre, 17 h 04

Alma s'installa plus confortablement sur les couvertures et attrapa l'une des deux poupées en porcelaine qui la dévisageait de ses grands yeux sombres. Elle était assez lourde et d'une rigidité qui tranchait avec la souplesse et le velouté de ses poupées à elle. Elle avait de très beaux cheveux, par contre, fins et dorés, qui paraissaient presque naturels. Sa robe de dentelle avait grisé avec le temps, mais la finesse des dessins restait hallucinante. Un beau jouet pour les petites filles d'autrefois… Curieusement, la trahison de Gladys lui semblait un peu moins cuisante, comme si plonger dans l'histoire d'un autre permettait de cicatriser ses propres plaies.

Pour elle qui comptait devenir médecin, il y avait là une idée à creuser : raconter des histoires au lieu de prescrire des médicaments... À moins que ce ne soit la voix de Bakary qui l'apaisait comme une berceuse ?

– Notre première permission, reprit celui-ci, nous l'avons obtenue au bout de deux semaines. Un après-midi entier de libre, à nous promener à notre guise... En ce qui concernait mon frère, j'ignorais par où commencer et avec Hampaté, nous sommes allés au plus simple. Nous avons mis nos uniformes repassés de frais et nous nous sommes rendus à la direction du camp. Il y avait là deux sous-officiers auxquels nous avions eu affaire pour la distribution de l'équipement et le règlement de nos soldes – la mienne étant amputée de moitié, comme convenu avec M'Butu. Le plus vieux a écouté ma requête, puis il a eu un long échange avec son collègue. Celui-ci est allé fouiller dans une armoire, en a ramené un gros volume en cuir rempli de noms et de chiffres et, après avoir vérifié quelque chose, s'est tourné vers moi d'un air triomphal :

« Sakoro ! s'est-il exclamé. Konaté Sakoro ! Ici !

– Ici ? j'ai répété, incrédule.

– Ici ! a-t-il confirmé. Fréjus ! »

Mon cœur s'est mis à battre la chamade même si je n'étais pas certain d'avoir bien compris. Il a prononcé d'autres phrases obscures et, en désespoir de cause, il a pris un papier où il a griffonné quelques mots : *Konaté Sakoro, 9, place du Cours, Fréjus*. Il me donnait l'adresse de mon frère... Du premier coup!

– C'était un jour à jouer au loto...

– C'était tellement mieux que le loto! La route jusqu'à Fréjus, je l'ai faite au pas de course, avec le Siffleur derrière qui n'arrêtait pas de rouspéter. J'ai montré l'adresse à tous les gens que nous avons croisés, et après avoir fait fuir deux vieilles dames, s'être attiré les moqueries d'un groupe de pêcheurs, ce sont des enfants qui nous ont indiqué l'endroit. Ils le connaissaient d'autant mieux qu'un cirque ambulant s'y était établi : un petit chapiteau rouge et blanc, de grandes affiches défraîchies, trois roulottes à l'arrière... Nous nous sommes approchés de l'entrée, mais il était trop tôt dans l'après-midi, tout était fermé.

«Ton frère travaille dans un cirque? s'est étonné Hampaté.

– Mon frère n'est pas un clown... Sur l'adresse, il y a écrit que c'est au numéro 9.

La place était entourée de quelques maisons et nous n'avons eu aucun mal à repérer le 9 : un pavillon aux volets clos et au jardin envahi par les mauvaises herbes, comme si personne n'était venu là depuis une éternité. C'est sans doute ce qui expliquait que le cirque ait installé sa ménagerie juste devant : deux ânes au poil triste attachés à un piquet et quatre singes qui grelottaient les uns contre les autres au fond d'une cage à moitié rouillée.

– Ils ont dû se tromper, j'ai supposé. Ça doit être ailleurs.

– Ils se sont pas trompés, copain, m'a corrigé le Siffleur. Ils se sont payé notre tête.

– Quoi ?

– C'est là qu'ils voulaient qu'on vienne, tout pile. Devant des ânes et des singes. Pour eux, c'est ça qu'on est, copain. Moi, toi, ton frère… Des ânes ou des singes. »

Alma se redressa, indignée.

– Non !

– Hampaté avait raison, bien sûr.

– Mais c'est du racisme !

– Je ne dirais pas le contraire…

– Vous êtes retournés à la direction du camp au moins ? Pour vous plaindre ? Pour les dénoncer ?

– Ça ne marchait pas comme ça, à l'époque. Nos officiers nous auraient ri au nez.

– Vous voulez dire qu'il n'y en avait pas un pour rattraper l'autre ?

– C'était l'atmosphère de l'époque, j'ai mis quelques mois à le comprendre. Certains nous prenaient pour des êtres inférieurs, voire des bêtes sauvages qu'il s'agissait de domestiquer ou d'enfermer. Beaucoup nous voyaient plutôt comme des enfants, qu'il fallait éduquer pour en faire de vrais hommes. Une infime minorité nous considérait comme leurs égaux. Il n'y avait donc pas grand-chose à espérer de nos supérieurs.

– Alors qu'est-ce que vous avez fait ?

– Hampaté avait cette faculté unique de transformer une grimace en sourire. Au lieu de s'apitoyer sur nous-mêmes, il a fait ce qu'il savait faire : imiter les animaux. Il a poussé différents cris jusqu'à ce que les singes se mettent à bouger. Et tout à coup, ils se sont déchaînés, sautant et multipliant les cabrioles comme s'ils répondaient aux injonctions de leur maître. Les enfants ont commencé à applaudir, des habitants qui passaient par là se sont arrêtés et bientôt, un type avec une incroyable moustache et un costume rouge et or nous a tapés sur l'épaule. Il s'est mis à parler avec un fort accent dans six ou sept langues, jusqu'à trouver une façon de communiquer avec nous : un mélange de bambara et de français.

– Vous êtes tombés sur un directeur de cirque qui connaissait le bambara ? Vous auriez vraiment dû jouer au loto !

– Après un moment de palabres, poursuivit Bakary sans se démonter, il nous a expliqué qu'il accueillait des artistes de partout, ce qui l'obligeait à se débrouiller dans toutes les langues. Il avait eu notamment deux Maliens qui faisaient des tours avec des haltères. Le problème c'est qu'avec la guerre, beaucoup de ses employés avaient été mobilisés et le nombre de ses numéros en était réduit d'autant. Comme par ailleurs, la situation était mauvaise, les spectateurs eux aussi se faisaient rares. Résultat, pour s'en sortir, Horacio – c'était son nom – avait dû vendre une partie de sa ménagerie.

– Laissez-moi deviner… Il a proposé au Siffleur de travailler pour lui ?

– Il lui a d'abord fait passer une sorte d'audition, approuva le vieil homme. Il lui demandait un bruit ou un animal et Hampaté s'exécutait.

Jusqu'à reproduire les intonations si particulières d'Horacio lui-même.

– Et quand on est soldat, on peut aussi faire du cirque ? s'étonna Alma.

– Horacio lui avait promis qu'il l'embaucherait une fois la guerre terminée. Il lui a même donné un genre d'affichette avec toutes les régions de France que le cirque traversait, pour être sûr qu'il puisse le retrouver. Je n'avais pas vu le Siffleur aussi heureux depuis Bamako… Pour fêter ça, Hampaté m'a proposé un chocolat chaud et nous sommes allés nous asseoir à la terrasse du Grand Café, sur la place du Marché. Après tout, c'était *notre* après-midi. Vu la température, il n'y avait qu'un seul autre type attablé dehors, un pauvre gars avec une béquille et une jambe de pantalon coupée au niveau du genou. Il avait à peu près notre âge et il n'était pas difficile de savoir ce qui lui était arrivé…

– Un blessé de guerre ?

– Il avait dû sauter sur un engin explosif ou quelque chose de ce genre. Ça nous a un peu gâché notre plaisir, car on s'est dit que ce serait peut-être bientôt notre tour. En plus, il avait une bouteille de vin rouge devant lui, et c'était à croire qu'elle était percée tellement elle se vidait vite.

– Vous auriez été mieux au chaud dedans, non ?

– C'était la première fois que nous allions au café, et dans la salle il y avait des officiers blancs. Nous n'avons pas osé… Qui sait, ajouta-t-il un ton plus bas, si nous avions pris une table à l'intérieur, le cours de ma vie en aurait peut-être été changé.

L'étoile lointaine qu'Alma avait entrevue brièvement la veille s'alluma à nouveau dans les yeux de Bakary. Elle jugea plus judicieux de ne pas l'interrompre.

– Je me souviens très bien de l'enchaînement des choses, reprit-il. Je les ai passées et repassées tant de fois dans ma tête… Nous étions sur le point de partir quand une jeune femme a traversé la place les bras chargés de linge. Elle était vêtue d'un épais manteau blanc et son visage disparaissait derrière un empilement de draps et de couvertures. On ne devinait que le sommet arrondi de son bonnet immaculé. Elle marchait vite sur les pavés glissants, comme pressée d'échapper au froid. Lorsqu'elle est arrivée à hauteur du café, le jeune homme à notre gauche s'est levé brusquement.

« Jeanne ! a-t-il crié. Jeanne, écoute-moi !

Elle s'est tournée et je l'ai vue. Elle avait l'air

d'un chat surpris dans le lit de ses maîtres. Deux grands yeux clairs, un joli nez fin, des boucles brunes sous la laine tricotée. En reconnaissant l'invalide, elle a soupiré et accéléré le pas. L'homme s'est alors précipité vers elle avec une démarche de bête blessée :

– Jeanne ! Attends ! Je n'ai pas bu, je te jure ! Jeanne !

Sa béquille a résonné sur le pavé et la jeune personne a daigné s'arrêter. Il l'a rejointe et agrippée par le poignet.

– Je m'occuperai de toi, Jeanne... Je serai un bon mari, je te promets. Tu ne manqueras de rien ! J'ai ma pension, tu sais, et je peux encore cuisiner. On pourrait même avoir une auberge à nous...

– Ce n'est pas la question, Gilbert, a-t-elle répliqué, glaciale. Tu ne me plais pas, je n'y peux rien !

Elle a tenté de se dégager et l'autre s'est énervé :

– C'est à cause de ma jambe, c'est ça ? Tu ne veux pas d'un infirme ? Tu te souviens pourquoi je l'ai perdue, au moins ? Pourquoi cette saleté d'obus a pété à trois mètres de moi ? Pour que de petites ingrates comme toi se la coulent douce à l'arrière... Et viennent me cracher ensuite au visage !

– Je ne t'ai jamais… »

La réponse s'est perdue dans le vent car l'homme s'est mis à secouer la malheureuse et à agiter sa béquille. Il était sur le point de la frapper. Hampaté a bondi le premier et je l'ai suivi. Il a tiré l'agresseur en arrière tandis que j'entourais la jeune femme de mes bras pour la protéger. Elle sentait bon le linge propre et la lavande. L'invalide s'est débattu en glapissant et la demoiselle a détalé d'un coup en laissant tomber deux draps dans du papier. J'ai ramassé le paquet et j'ai couru derrière elle. Je l'ai rattrapée alors qu'elle s'engouffrait sous le porche d'un petit hôtel, le Lion d'Or, de l'autre côté de la place.

« Madame ! » j'ai appelé.

Elle s'est immobilisée sous la voûte de pierre et m'a considéré de ses yeux bleus immenses. Elle a pris les draps puis, sans un mot, elle a filé à l'intérieur.

Bakary se tamponna le coin de l'œil du revers de la main puis il chuchota, presque pour lui-même :

– Voilà comment je suis tombé amoureux de Jeanne.

9

12 octobre, 17 h 19

– Vous vous êtes arrangé pour la revoir et lui parler, évidemment, affirma Alma sans hésiter.

– Qu'est-ce qui te fait penser ça ? s'amusa le vieil homme.

– Cette dispute avec l'unijambiste… À l'époque, vous avez dit vous-même que vous compreniez mal le français. C'est donc elle qui vous a expliqué de quoi il retournait. Plus tard…

– On ne peut rien te cacher. Mais a-t-on réellement le choix quand on est amoureux ? Toi, par exemple, qu'est-ce que tu serais prête à faire pour que ce Jonas s'intéresse à toi ?

– Honnêtement, pas grand-chose. Déjà que je le laisse copier en maths, s'il n'est pas capable de s'apercevoir que j'ai d'immenses qualités…

Qu'il passe ses soirées au cinéma avec cette traîtresse de Gladys !

– Moi, la différence, c'est que je pouvais être expédié au front n'importe quand. Et ne plus la revoir. Dès la permission suivante, je me suis posté aux environs de l'hôtel et je l'ai guettée. Elle m'a aperçu de loin, a eu l'air surpris, et c'est tout. J'ai recommencé le jeudi d'après, et encore le suivant. Cette fois-là, elle est venue vers moi en me demandant ce que je fabriquais. Devant mon embarras et mon incapacité à aligner trois mots, elle a éclaté de rire. Puis elle m'a remercié de l'avoir débarrassée de Gilbert, elle m'a touché le bras et s'est sauvée. Le quatrième jeudi, elle a accepté une promenade, à condition qu'on ne nous voie pas ensemble. Elle m'a donné rendez-vous sur une plage proche du camp et déserte en cette saison. C'est là où nous nous sommes rencontrés le cinquième jeudi. Et où j'ai compris que je n'aimerais jamais d'autre femme...

– Les garçons d'avant étaient vraiment romantiques, soupira Alma. Vous croyez que je pourrais vous arranger un entretien avec Jonas ? Histoire que vous lui donniez quelques leçons ?

– Je n'avais aucun mérite, tu sais... Tu te souviens de ce que je t'ai raconté sur les jumeaux ?

Sur le fait que l'on passait sa vie à chercher le double qui nous manquait ? Nous, nous nous étions trouvés. Malgré nos différences, notre éducation, notre couleur de peau, nous étions émus par le même ciel chargé de pluie, par le même ballet de mouettes dans le vent, par le même dessin d'écume sur le sable… Nous nous amusions des mêmes choses et nous nous accordions au-delà de nos espérances. Ce qui aurait dû nous séparer, en fait, nous rapprochait.

Tant de bonheur, songea Alma, c'était un peu trop.

– Et en quelle langue, ce beau roman-photo ? s'enquit-elle.

– Pour ce qui est de la conversation, il nous a fallu du temps. Ma chance, c'est que Jeanne voulait devenir institutrice. Elle était au lycée de jeunes filles de Reims en 1914 et elle s'apprêtait à passer le brevet supérieur, l'équivalent du baccalauréat des garçons. Mais la guerre a éclaté et Reims étant sur la ligne de front, la ville a été bombardée. Ses parents ont décidé de mettre Jeanne à l'abri chez sa tante de Fréjus, celle qui tenait le Lion d'Or. Si bien qu'en attendant de pouvoir passer son diplôme, j'étais son unique élève.

– Vous avez dû faire des progrès…

– J'avais surtout l'impression qu'en apprenant le français, j'apprenais à la connaître, elle… Et puis j'avais tellement envié Malinko Malinké lorsqu'il allait à l'école ! Je n'étais peut-être pas le meilleur étudiant du monde, mais j'étais le plus attentif. Assez vite, nous avons trouvé le moyen de nous voir davantage. Les recrues n'avaient pas le droit de sortir en dehors des permissions et les portes du camp étaient strictement gardées. Mais nous avions accès à la plage, celle où nous avions dormi sous la tente les premiers jours. Elle était fermée par de gros rochers et du barbelé qu'il ne serait venu à l'idée de personne de contourner en nageant vers le large. Surtout vu la température de l'eau…

– À l'idée de personne sauf à vous, j'imagine ?

– Je ne sais pas si l'amour donne des ailes, rigola Bakary, mais à moi, il a donné des nageoires. Le soir, vers les six heures, je cachais mon uniforme entre deux pierres, j'effectuais quelques échauffements et je partais pour dix minutes de brasse dans une mer glaciale. Jeanne m'attendait sur la plage voisine, avec une serviette et une couverture dont elle m'enveloppait aussitôt. Ce que nous avons pu rire, moi qui frissonnais comme un chien mouillé, elle qui me frictionnait comme s'il s'agissait de m'arracher à la mort !

– Sa tante n'y voyait rien à redire ?

– Sa tante était une brave femme qui avait largement de quoi s'occuper avec le Lion d'Or. Tous les hôtels de Fréjus étaient pleins à cause des officiers qu'il fallait loger, ces messieurs ne résidant pas au camp avec nous. Jeanne aidait à nettoyer les chambres, à préparer les petits déjeuners, mais une fois son travail terminé, elle était assez tranquille. En plus, avec les allées et venues, il lui était facile de s'éclipser.

– Cela faisait quand même beaucoup de « messieurs » autour d'elle, non ?

– Si l'un des militaires se montrait trop pressant, Jeanne lui faisait savoir que son père était Eugène Colbert, colonel d'infanterie, héros de la bataille de la Marne, et sur le point d'être promu général. Si cela ne suffisait pas, un mot glissé à sa tante transformait la bonne dame en redoutable mégère armée d'un balai. Ce que le code de l'honneur était impuissant à obtenir, un tête-à-tête avec la maîtresse du Lion d'Or y parvenait aisément.

– Et Gilbert, le cuisinier, il avait renoncé à lui courir après ?

– Gilbert ? Plus il buvait, plus il s'accrochait. Il sortait de l'hôpital lorsque Jeanne est venue s'installer à Fréjus et il avait dû croire qu'elle pourrait redonner un sens à sa vie. Son amputation et l'effondrement de tous ses projets l'avaient fait basculer dans l'alcool. Mais il ne renonçait pas à Jeanne pour autant... À force de l'épier, il a fini par découvrir ses escapades. Il l'a suivie jusqu'à la plage et a compris qu'elle en attendait un autre. Mais cette fois, au lieu de s'en prendre à elle, il s'est mis à marcher tout droit vers la mer, avec sa béquille. Jeanne a essayé de le retenir, mais rien n'y faisait :

« Laisse-moi ! criait-il. Je ne vaux plus rien ! Je suis déjà mort ! »

Et il avançait, tout à son désespoir. Lorsque je suis arrivé, une vague venait de les renverser et Jeanne tâchait de lui maintenir la tête hors de l'eau tandis qu'il se débattait. J'ignore comment les choses auraient tourné mais nous n'avons pas été trop de deux pour le ramener sur le rivage.

– Il vous a reconnu ?

– Il faisait déjà sombre et de toute façon, il

était muré dans son délire. Les secours ont dû le transporter à l'hôpital pendant que je me faisais discret... Inutile de te dire que les jours suivants, nous avons évité la plage.

– Fini les rendez-vous, alors ?

– Il nous restait la permission du jeudi après-midi. Jeanne avait déniché un autre endroit tranquille : les arènes, juste à la sortie de la ville. Un amphithéâtre en ruine, envahi par les herbes. Les Romains y organisaient des combats de gladiateurs et la rumeur prétendait qu'il y avait même eu des spectacles avec des bateaux : on avait trouvé d'énormes canalisations capables d'amener des centaines de milliers de litres d'eau. Il m'a semblé que nous devions faire honneur au lieu et l'idée m'est venue de montrer à Jeanne comment tirer à l'arc. Il était temps que je sois le professeur et elle l'élève, non ? Je lui avais demandé d'amener de la bonne ficelle, et de mon côté j'ai taillé une branche de frêne bien droite. Nous avons dressé des cibles avec des pierres sur les gradins, et je l'ai entourée de mes bras en lui montrant les gestes. Au bout de quelques essais, elle commençait à se débrouiller et, par jeu, elle m'a défié : le premier qui touchait trois cailloux à quinze mètres. J'ai remporté le duel mais je dois avouer qu'elle était bien meilleure avec une flèche que moi avec un participe passé !

– Vous auriez dû la laisser gagner.

– Elle aurait détesté que je ne la prenne pas au sérieux.

– Bref, c'était presque des vacances !

– Si l'on exceptait les dix heures d'exercices quotidiens, oui. Malheureusement, la guerre, la vraie, nous a rattrapés. En février 1916, les Allemands ont attaqué Verdun. L'état-major avait terriblement besoin de troupes et, au printemps, nous avions achevé notre formation. Notre tour était venu...

– Comment Jeanne l'a-t-elle pris ?

– Le problème était plutôt : comment l'apprendre à Jeanne ? Un matin, on nous a réveillés au son du clairon à cinq heures et on nous a annoncé la nouvelle : nous prenions le train pour le nord en fin de matinée. Bouclage du paquetage, revue d'effectif et interdiction de quitter les baraquements...

– Aïe...

– Je me suis préparé à toute vitesse et j'ai simulé une quinte de toux – beaucoup d'entre nous étaient malades des poumons – pour aller à l'infirmerie. Une fois dehors, j'ai glissé les derniers billets de ma solde aux deux gardiens afin qu'ils me laissent sortir. J'ai couru ventre à terre jusqu'à Fréjus, pour constater que c'était aussi le branle-bas de combat chez les officiers : il y avait déjà deux camions devant le Lion d'Or. J'ai attendu que le passage soit libre et je me suis faufilé par l'entrée de service. La chambre de Jeanne se trouvait du côté des cuisines mais je n'ai pas eu besoin d'aller jusque-là car je l'ai croisée avec une cafetière, en train de servir le petit déjeuner.

«Bakary, a-t-elle commencé, qu'est-ce que…

Avant même qu'elle finisse sa phrase, j'ai vu dans ses yeux qu'elle avait compris. Elle m'a entraîné sous le porche et nous nous sommes enlacés.

– Je sais que tu vas t'en sortir, m'a-t-elle dit. Je le sens.

Puis elle m'a embrassé. Ensuite, sa tante l'a appelée. Jeanne a lâché ma main et elle a chuchoté :

– Reviens-moi. »

Mon cœur ne m'avait pas fait aussi mal depuis la mort de Salimata.

10

12 octobre, 17 h 32

– Vous... vous ne voulez pas me parler de la guerre ?

Même dans ses pires moments d'égarement, Alma n'aurait jamais cru prononcer ces mots un jour. Elle chez qui toute phrase de son grand-père commençant par « Moi, quand j'étais militaire... » déclenchait une crise d'urticaire... Mais cela faisait bien deux minutes que Bakary ne disait plus rien, les yeux éteints, frottant mécaniquement son pouce et son index droits, tel un automate à la dérive. C'était juste après qu'il lui eut raconté ses adieux à Jeanne et c'est comme si cette évocation avait déconnecté d'un coup une partie de son cerveau : son corps était là, son esprit ne l'était plus. Elle lui toucha la main, qu'elle trouva froide, et répéta sa question. Il parut alors s'éveiller, émergeant des profondeurs de lui-même.

– Pardon, s'excusa-t-il, j'ai eu… j'ai eu une absence.

Il se força à sourire avant d'ajouter, mélancolique :

– C'est étrange comme après tant d'années, on continue à penser que sa vie aurait pu être différente. Comment on s'imagine encore ce qui aurait pu se passer et combien on aurait été heureux. Jusqu'à l'éprouver physiquement, pour quelques secondes au moins. Et puis on revient à soi, bien sûr, et la réalité n'en est que plus dure. Mais je ne vais pas me défiler, se reprit-il, je vais te raconter la guerre, oui. Même si j'avais cru comprendre que tu préférais éviter le sujet…

– C'est pour mon devoir de lundi, avança Alma. « Le légionnaire et le Poilu », vous vous souvenez ?

– Oui. Dans les tranchées, on aurait appelé ça une marmite.

– Une marmite ?

– Le surnom qu'on donnait aux obus. Une masse de problèmes qui vous tombe dessus à l'improviste et que vous ne pouvez rien faire pour éviter. C'est le cas de ce devoir, j'ai l'impression… Heureusement, même avec un sujet explosif, une punition fait rarement des blessés.

Il lui adressa un clin d'œil, et Alma se demanda à quoi rimait cette petite plaisanterie qui n'était pas dans ses habitudes. Bakary avait l'air fatigué, presque autant que la veille lorsqu'elle l'avait croisé sur le palier. Peut-être était-ce une manière de la rassurer ?

– J'ai hésité à te montrer ça avant, continua-t-il en sortant une photographie de l'album. Il me semblait que ce n'était pas le bon moment. Elle a été prise à notre arrivée sur le front, en mai 1916. Là, au deuxième rang… Nous avions belle allure, non ?

Alma prit le rectangle cartonné avec précaution : il était plié et replié, voire déchiré au centre. Une quinzaine de soldats noirs posaient en demi-cercle autour d'un drapeau, dans des uniformes que le vieillissement des couleurs avait rendus fantomatiques. Ils portaient un drôle de chapeau cylindrique surmonté d'un pompon et plusieurs d'entre eux étaient accroupis, appuyés sur un grand couteau. Malgré les buissons en fleurs autour – des roses ? –, personne ne souriait. Quant aux quatre mousquetaires, ils se serraient sur la gauche, aisément reconnaissables : le Siffleur, le plus petit du groupe, qui en dépit de son air grave semblait à peine sorti de l'enfance; l'Intellectuel, qui avait retiré son couvre-chef et laissait voir son crâne chauve et ses lunettes rondes; Goliath, dont la stature écrasante dominait celle de ses camarades, et enfin Bakary, le beau garçon du lot, élancé, les traits fins, le regard intense, avec ce quelque chose de bienveillant qui le caractérisait encore aujourd'hui. Alma ne put s'empêcher de comparer l'adolescent qu'il avait été et le vieillard usé qu'il était devenu. Soixante-dix ans avaient passé. Une vie d'homme...

– Le 61e bataillon de tirailleurs sénégalais, exposa-t-il fièrement. Du moins ceux de ses membres qui l'ont rejoint ce jour-là. On nous appelait la Force noire...

– La Force noire?

– Comme l'amulette de mon grand-père, exactement. Sacrée coïncidence, n'est-ce pas? Le surnom avait été donné aux troupes africaines juste avant la guerre. Mais nous l'ignorions, bien sûr. L'idée était que la France ne faisait plus assez d'enfants et qu'il fallait enrôler des jeunes en provenance de l'A.-O.F. ou de Madagascar pour compléter les effectifs. Des soldats qui coûteraient moins cher et à qui on pourrait confier certaines missions dont les autres ne voulaient pas. Près de cent cinquante mille petits gars comme moi ont abandonné leur vie pour défendre la nation qui les avait colonisés.

– D'où le chapeau bizarre pour les distinguer ?

– La chéchia, l'emblème des tirailleurs, oui… Rouge et tout en hauteur. Elle se voyait de loin ! Mais au combat nous portions le même casque que les autres, sinon on nous aurait tirés comme des lapins.

– Et cette espèce de couteau, là ?

– Ça, c'est le coupe-coupe, l'arme qu'on nous attribuait d'office. Un sabre court pour le corps-à-corps.

– Vous vous battiez au sabre ? Contre des armes à feu ?

Bakary eut un rictus gêné.

– Nous avions un fusil, aussi, des grenades et tout le reste. Mais dans l'esprit des généraux, la Force noire devait impressionner ses adversaires. Un déferlement d'Africains brandissant leur coupe-coupe en hurlant, prêts à taillader et à découper tous ceux qui se mettraient en travers de leur route… Nous avions la réputation de barbares sans pitié et c'est précisément ce que souhaitait l'état-major.

– Et vous y alliez quand même ? Vous auriez dû protester ! Exiger le même traitement que les autres !

– D'abord, nous n'avions pas le choix. Le refus d'obéissance vous conduisait facilement au poteau d'exécution. Mais il y avait autre chose… Nous devions défendre notre honneur. Celui de notre village, de notre pays d'origine, de notre couleur de peau, que sais-je… On nous considérait déjà comme des êtres inférieurs, on ne voulait pas passer pour des lâches. Du coup, nous étions souvent plus téméraires que beaucoup d'autres. Tiens, quelques jours après cette photo, ils avaient besoin d'un détachement pour ravitailler en munitions les premières lignes. Jusque-là, nous n'avions eu que des tâches secondaires à effectuer : couper du bois, consolider les tranchées, assembler des cercueils… On s'est dit que si on voulait rester ensemble, on avait intérêt à se distinguer ensemble. Alors on s'est portés volontaires. On nous avait donné cinq heures pour traverser les lignes arrière qui s'étalaient sur plus d'un kilomètre, remonter les boyaux en zigzag qui reliaient les tranchées et faire la tournée des hommes sur le front. Tout ça avec trois caisses de quarante kilos et sous la mitraille. Les officiers voulaient nous envoyer à six, mais je les ai convaincus qu'on serait plus rapides à quatre. Mes progrès en français produisaient leurs effets.

On est partis au crépuscule car la plupart des mouvements se déroulaient le soir ou la nuit pour être moins détectables. Il y avait des échanges de tirs à droite à gauche, mais on était loin de la bataille rangée. Goliath se chargeait d'une caisse à lui tout seul et nous nous partagions les deux autres en essayant de ne pas glisser sur la terre mouillée ou de ne pas rentrer dans ceux des nôtres qui marchaient en sens inverse. Au bout de deux heures, nous avons débouché en première ligne. Aucun de nous n'était jamais venu jusque-là et ça nous a vraiment fait quelque chose : des dizaines de formes sombres et silencieuses qui s'efforçaient de se reposer à même le sol ou qui mangeaient en produisant avec leur cuillère et leur gamelle un bruit d'horloge détraquée. Ils étaient couverts de boue et avec leurs gestes lents on aurait dit une armée de morts-vivants tout juste sortie de terre. Les plus chanceux trouvaient refuge dans les « cagnas », de petites cabanes construites aux points les mieux abrités des tranchées. Trois ou quatre gars pouvaient y tenir assis et, parfois, il y avait même un lit pour dormir à tour de rôle. Hampaté était en train de distribuer des balles dans l'une d'entre elles lorsque, sans crier gare, les Allemands ont lancé un obus. Il nous a vrillé les tympans et est tombé à quelques mètres de là, en haut du talus. Le toit de la cagna s'est effondré et elle a disparu sous plusieurs mètres de terre. Hampaté et trois autres de nos camarades étaient pris au piège... On s'est précipités mais il y a eu aussitôt un deuxième sifflement assourdissant. Un autre obus, dix mètres derrière... Et tout de suite après, un troisième sur la gauche. Et encore un quatrième, à nouveau sur le talus. Ceux d'en face procédaient à un tir de réglage, peut-être en vue d'une attaque le lendemain. Puis tout s'est arrêté. Par miracle, il n'y avait pas de blessés autour de nous. Excepté les quatre malheureux ensevelis sous des tombereaux de gravats... Cela faisait plus d'une minute qu'ils étaient là-dessous et si l'écroulement de la cagna ne les avait pas tués, ils n'allaient pas tarder à étouffer. Goliath s'est jeté sur le monticule et, ma foi, j'ai compris ce que « déplacer des montagnes » voulait dire : il soulevait d'énormes brassées de terre, balançait les planches comme si c'étaient des fétus de paille et tout ça dans la pénombre. Enfin, il a dégagé un des gars et les deux autres ont fait surface tout seuls. Le Siffleur était encore en dessous, à moitié aplati et la bouche pleine de boue. Vivant... Il s'est mis à quatre pattes en toussant et en crachant tout ce qu'il savait.

« Mon baptême du feu, copain ! a-t-il hoqueté dès qu'il a repris son souffle. Je reviens d'entre les morts ! Plus rien ne peut m'arriver !

Ensuite, nous l'avons ramené à l'arrière. Son uniforme était en pièces, il avait quelques plaies aux jambes, mais rien de cassé. Et une fois au cantonnement, il a dû se changer. C'est là que je l'ai aperçu... Un sachet de cuir noir, de la taille d'une noix, qu'il s'était attaché au bras. Il a vu que je l'observais et il m'a chuchoté à l'oreille :

– Il te plaît mon gri-gri ? C'est lui qui m'a sauvé, si tu veux savoir. Force noire... Eh oui, le même nom que nous autres ! Il me protège durant les combats. Tant que je l'ai sur moi, je ne risque rien.

– Tu l'as eu comment ? je lui ai demandé.

– Désolé, copain, il a répondu, j'ai promis de garder le secret.

– On m'a déjà parlé d'un talisman de ce genre, j'ai insisté. À Ségou, je crois, non ? »

Il a continué à se taire, mais de la manière dont il s'est carapaté à l'autre bout de la pièce, j'ai compris que j'avais touché juste.

– M'Butu, énonça Alma. La première règle : ne rien dire à personne à propos de Force noire. Ou bien elle perdrait son pouvoir…

– Et pour cause ! renchérit le vieil homme. Sauf qu'en réalité, c'est le petit commerce de M. M'Butu qui se serait cassé la figure si ceux qui l'avaient achetée s'étaient mis à se plaindre !

– Il vendait de fausses amulettes, c'est ça ?

– Aux jeunes recrues naïves, oui.

– Vous avez appris la vérité au Siffleur ?

Bakary réfléchit avant de hausser les épaules :

– Ça aurait servi à quoi ? Il avait perdu son argent et le gri-gri lui donnait du courage. Après tout, ce n'est pas un crime de vouloir être immortel…

11

12 octobre, 17 h 46

– Et finalement, vous avez eu ce que vous vouliez ? questionna Alma. Les officiers ont reconnu vos mérites ?

– En un sens, oui, admit Bakary. Dans les mois qui ont suivi, nous avons rarement été séparés. Et c'est ce qui comptait. Quant aux missions effectuées, nous n'avons eu aucun traitement de faveur. Et certaines, nous nous en serions bien passés... Le nettoyage des tranchées, par exemple.

– Personne n'aime faire le ménage... remarqua Alma.

– Hélas ! S'il avait suffi d'une serpillière et d'un balai ! Mais comme je te l'expliquais, certaines tâches délicates étaient réservées aux tirailleurs. Notamment, après une attaque, vérifier qu'il ne restait aucun ennemi dans la tranchée conquise.

Ce n'était pas très clair et Alma fronça les sourcils.

– Une fois l'assaut terminé, précisa Bakary, il pouvait subsister des soldats allemands cachés ici et là : dans une cagna, derrière un remblai, dans une cuvette, n'importe où… Le rôle des « nettoyeurs » était de les débusquer et de les mettre hors d'état de nuire. Ce qui signifiait souvent les éliminer, purement et simplement.

– Vous voulez dire que vous acheviez les survivants ? fit Alma en écarquillant les yeux.

– Chaque fois que c'était possible, nous les faisions prisonniers. Mais s'il leur prenait l'envie de résister, alors c'était tant pis pour eux. Nos adversaires ne procédaient pas autrement, d'ailleurs. Si je te dis ça, c'est pour que tu comprennes que nous n'étions pas des héros, juste des pauvres gars ballottés sur un océan de violence. À la guerre, seul le pire est toujours certain… Et malgré tout, il faut continuer à vivre, n'est-ce pas ? La première fois que je me suis battu pour de vrai, j'étais convaincu que je ne tiendrais pas trois jours. Trois ans plus tard, j'y étais encore.

– Et ces vrais premiers combats, c'était où ?

– La Somme, lâcha le vieil homme, juillet 1916. Des mois terribles. Deux années de lutte féroce s'étaient écoulées, le conflit n'en finissait pas et les états-majors ne savaient plus comment vaincre. Alors ils ont jeté toutes leurs forces dans la bataille. Les Allemands à Verdun, dès février, les Anglais et les Français sur la Somme, en juillet. Un million et demi de blessés et de morts au total… Pour sa part, notre bataillon était cantonné du côté de Péronne et nos ordres étaient d'enlever une position allemande en hauteur, au lieu-dit la Maisonnette. L'artillerie a bombardé les lignes ennemies plusieurs jours d'affilée et un après-midi, nous avons reçu l'ordre d'attaquer. Il a fallu sortir de la tranchée, couper les barbelés qui la protégeaient et courir avec nos trente kilos de barda pendant que l'ennemi nous visait comme à la foire. Au bout d'une heure, dans le vacarme et la poudre, nous avions traversé les sept cents mètres qui nous séparaient de l'objectif. Un grand nombre des nôtres étaient déjà tombés… Sauf que pour atteindre la Maisonnette, nous devions encore gravir un talus de dix mètres de dénivelé, farci de barbelés et complètement à découvert. Qui plus est, nous étions sous le feu croisé de plusieurs mitrailleuses et chacun de nos mouvements leur permettait d'ajuster le tir. Nous nous sommes enterrés tant bien que mal, en creusant la terre avec nos mains et en bougeant le moins possible.

Derrière nous, le commandement avait lancé une deuxième puis une troisième vague d'assaut. Des tirailleurs, encore… Nous les avons vus progresser sous une grêle de balles, la mort fauchant quasiment un homme sur deux. C'était irréel, comme si nous étions pris dans une nasse infernale. À ce moment-là, nos canons se sont remis à tonner, arrosant les Allemands et les contraignant à s'abriter. Ça nous a donné un répit. Quand la nuit est tombée, nous étions toujours accrochés aux premières pentes et dès qu'il a fait suffisamment sombre, l'un de nos officiers nous a enjoint de ramper pour couper les fils de fer. Quelques minutes après, à cinq cents mètres de là, il y a eu des clameurs et des fusées éclairantes, et nous avons supposé qu'un autre bataillon avait réussi à entrer dans la tranchée. Ça nous a redonné du courage. Nous avons escaladé le talus en dégainant nos coupe-coupe et la mêlée a été furieuse. Par chance, le pilonnage d'artillerie avait affaibli leurs défenses et nous avons pu nous rendre maîtres de la tranchée sans trop de pertes supplémentaires. Mais ce n'était pas fini : nous n'étions plus qu'une poignée et il fallait s'attendre à une contre-attaque. Qui n'a pas tardé... À deux heures du matin, nous avons essuyé une salve nourrie provenant de leurs lignes arrière et il a fallu repousser une de leurs unités qui voulait reprendre son bien avant que nous n'obtenions des renforts. Mais nous avons tenu. Le lendemain, des troupes fraîches nous ont relevés. À l'heure de l'appel, il manquait trois cent soixante de nos gars... Voilà ce qu'a été ma première vraie journée de combats.

– C'est ce qui vous a valu cette médaille?

– Non, ma médaille, je l'ai eue au fort de Douaumont.

– Douaumont? répéta Alma. J'y suis allée avec ma classe en cinquième! Il y a une énorme tour qui monte vers le ciel avec des tombeaux remplis d'ossements à l'intérieur. Cinquante mille ou cent mille soldats, je ne sais plus. Et puis il y a un cimetière tout autour, une forêt de croix... Vous étiez là-bas?

– À l'origine, il y avait juste le fort, confirma

Bakary. Une place forte bardée de tourelles et de canons, avec des murs de plusieurs mètres d'épaisseur, qui défendait Verdun. Les Allemands s'en étaient emparés début 1916 lors de leur grande offensive. Une victoire décisive pour eux : non seulement ils pouvaient contrôler la région mais ils faisaient la démonstration de leur supériorité. Lorsqu'ils ont commencé à reculer à l'automne, nos chefs ont décidé qu'il fallait reconquérir le fort coûte que coûte. À cette époque, nous avions rejoint un nouveau bataillon colonial qui avait été choisi pour mener l'assaut avec d'autres troupes. Nous avons subi un entraînement intensif et même, plusieurs jours durant, une sorte de répétition générale. Nous n'avions pas le droit à l'erreur…

Le matin du 24 octobre, après une semaine de pilonnage du fort, nous nous sommes élancés dans un brouillard à couper au couteau. Ceux d'en face, qui se doutaient de l'attaque, répondaient par des marmitages équivalents et le bruit était assourdissant. Nous marchions en file indienne, à la boussole, sur un terrain détrempé et chaotique, nous jetant à terre à chaque explosion. Partout, des cratères, des restes de soldats, des morceaux de fusil, des casques cabossés, des os boueux qui sautaient en même temps que les obus et dont il était impossible de savoir s'ils étaient français ou allemands. La terre était gorgée d'hommes.

Heureusement, la brume facilitait notre progression et c'est ainsi qu'à deux reprises, nous sommes tombés sur des détachements adverses qui n'ont pas eu le temps de réagir avant qu'on les mette en joue. Beaucoup sont sortis de leur abri en levant les mains et en criant : «*Kamarad*!» Ils avaient une mine à faire peur après toutes ces journées de bombardements, d'attente et de privations. Avec d'autres, l'Intellectuel et le Siffleur ont été désignés pour surveiller les prisonniers et les ramener à l'arrière. Nous, nous avons continué vers le fort qui a surgi de la brume un peu après midi. Un monstre de pierre et de béton aux yeux noirs et à la carapace hérissée de mitrailleuses. Nos canons avaient fait leur travail cependant, car l'animal était gravement blessé et ses flancs laissaient voir des plaies béantes. Deux autres divisions l'assaillaient sur les côtés tandis que nous, nous étions chargés de le prendre de front. Nous nous sommes déployés dans un chaos de blocs et de ferraille et nous avons attaqué à la grenade et au mortier. Les Allemands étaient piégés à l'intérieur, dans des souterrains à moitié éboulés, où s'étaient déclenchés des incendies. Leur dépôt de munitions, notamment, avait sauté, et l'air était saturé de gaz toxiques. Ils n'avaient aucune chance... La prise de Douaumont a été saluée comme la première vraie victoire française sur l'ennemi, d'où la médaille.

– Il y avait des tas de noms écrits sur les murs, se souvint Alma. Si ça se trouve, le vôtre y était !

– Ces noms-là, ce sont ceux des morts... Pour ma part, je suis retourné à Douaumont en septembre dernier. Le président français avait invité le chancelier allemand ainsi qu'un certain nombre d'anciens combattants. Dont quelques tirailleurs sénégalais qui vivaient encore... C'était étrange. Émouvant, bien sûr, très émouvant. Revoir ces lieux, ce ciel, cette terre, même si tant de choses avaient changé. Ces ossements mêlés, aussi, ces frères d'armes, ces ennemis, tous ensemble, tous pareils. Et pourtant, en regardant les deux chefs d'État main dans la main, je me suis dit que ça aurait été tellement facile à ceux de l'époque de régler leur querelle autrement. Sans avoir à sacrifier dix millions d'hommes. Tous ces camarades à qui on a volé leur existence, leurs mères, leurs fils, leurs fiancées...

Le vieil homme se tut et Alma sentit qu'il valait mieux changer de sujet.

– Et votre frère, lança-t-elle, vous ne m'en avez pas reparlé. Vous continuiez à le chercher ?

12

12 octobre, 17 h 59

– Mon frère, on peut dire que je l'ai cherché, oui, fit Bakary après une longue pause. J'ai interrogé tous ceux que j'ai croisés, dans chaque cantonnement, chaque bataillon... Personne ne connaissait de Konaté Sakoro. Plus les mois passaient, plus je me disais que c'était peine perdue, qu'il était certainement mort. J'ai réalisé alors à quel point j'avais été stupide et quel chagrin j'avais dû causer à ma mère. Par ma faute, elle avait perdu ses deux fils, dont l'un s'était enfui comme un voleur. Je me suis mis en tête de réparer mes erreurs et j'ai commencé à lui écrire. Des lettres adressées à Malinko Malinké pour qu'il les lui lise. Où je racontais que j'avais retrouvé Konaté... Qu'il allait bien, que nous étions ensemble, qu'elle ne devait pas s'inquiéter. Que je lui faisais parvenir de l'argent par M'Butu, qu'elle devait s'assurer que le compte y était. Que je l'aimais, aussi, que je m'excusais de l'avoir fait souffrir, que je priais pour que les choses s'arrangent avec mon père et que j'embrassais mes sœurs.

Alma n'en revenait pas.

– Vous... vous lui avez fait croire que Konaté était en vie ? Avec vous ?

– J'espérais que cela atténuerait son chagrin. Au moins jusqu'à ce que je rentre et que je lui explique. Ce n'était pas très malin, c'est sûr... Mais tu n'imagines pas à quoi nous réduisaient ces semaines d'attente dans les tranchées. Durant les phases d'attaque, au moins, nous pensions à sauver notre peau et à rien d'autre. Mais il y avait le reste du temps... Tout le reste du temps. D'interminables journées à camper dans la boue, avec le froid qui glaçait les uniformes mouillés, les poux qui vous suçaient le sang sous le casque et dans les moindres replis du corps, les rats qui vous détalaient entre les jambes ou vous grignotaient dès que vous aviez le malheur de vous assoupir. Et puis l'odeur, qui vous suivait partout. Sur les vêtements, les armes, les mains, à l'intérieur du nez, de votre gamelle, de votre tête… L'odeur de la mort, l'odeur de tous les pauvres gars qui étaient là avant vous, et qu'une marmite, une rafale ou n'importe quelle grenade avaient dispersés aux quatre coins de la tranchée. Alors, parfois, on en venait à faire des choses qu'on n'aurait pas faites autrement. Pour se donner l'impression qu'on était toujours capable d'agir et qu'on était en vie…

– Vous avez demandé leur avis aux trois autres mousquetaires, au moins ? douta Alma. Ils n'ont pas pu vous conseiller de raconter ça à votre mère !

– Je ne leur en ai pas soufflé mot. Chacun affrontait ses démons à sa façon… Moi, j'écrivais des lettres et j'apprenais le français. D'autres s'oubliaient dans l'alcool ou se réfugiaient dans la religion ou s'abandonnaient à la dépression, ou je ne sais quoi encore… Certains devenaient méchants, même, comme s'ils n'avaient pas d'autres moyens de passer leurs nerfs. L'Intellectuel, lui, avait décidé de plonger dans la politique. Il avait rencontré un petit noyau de soldats qui étaient contre la guerre et la colonisation.

Des socialistes. Son discours avait glissé de : « Il faut l'égalité entre Noirs et Blancs » à « Il faut l'indépendance ». Tu imagines que ce genre de musique n'était pas très agréable aux oreilles de l'état-major. Des propos antimilitaristes dans la bouche d'un Poilu pouvaient être considérés comme de la haute trahison. Malgré les précautions dont sa petite bande s'entourait, un gradé a eu vent des conciliabules secrets et Lassana s'est retrouvé de nouveau aux arrêts. Avec le risque de passer devant le conseil de guerre. C'était juste après la victoire de Douaumont, ce qui lui a valu un sursis, mais la menace planait. Qui plus est, au même moment, un autre parmi nous a fait un séjour en prison. Le Siffleur... Sa manière à lui de tromper sa solitude, c'était d'organiser des trafics de toutes sortes : cigarettes, bouteilles de vin, biscuits, boîtes de sardines, savons à barbe, rasoirs... Tout le monde l'aimait bien, les officiers l'avaient à la bonne et les responsables des magasins de l'armée le tutoyaient. Dès qu'on quittait la première ligne, on le voyait fureter dans tous les sens, avec de grands sourires et un clin d'œil pour chacun. Sa spécialité, c'était la livraison « à domicile ». Il réussissait toujours à dénicher ses clients là où ils se trouvaient : tel dortoir, telle casemate, tel abri... Avec ses produits plus ou moins cachés sous sa vareuse. Quant à savoir comment il se procurait des articles épuisés ailleurs, mystère! Ce dont je peux témoigner, c'est qu'il ne faisait pas ça pour l'argent. Ce qui lui plaisait, c'était se faufiler à droite à gauche, discuter avec les gens et aussi, pourquoi pas, jouer avec le feu...

– Il s'est fait attraper?

– Il a été dénoncé. Par un fournisseur ou un acheteur, on n'a jamais su. En tout cas, il a été transféré à la prison militaire voisine. Où croupissait déjà l'Intellectuel.

– Sale temps pour les mousquetaires, reconnut Alma.

– Ce n'était que le début, poursuivit Bakary. Dix jours plus tard, notre lieutenant a été grièvement blessé lors d'une escarmouche. Un type bien ce lieutenant, économe de la vie de ses hommes et qui les respectait.

– Le contraire de celui qui l'a remplacé, je suppose?

Bakary hocha la tête :

– Mogette, lâcha-t-il.

– Non!

– Comme je te le dis...

– Mais il avait disparu celui-là !

– Pas définitivement, hélas. Lorsque nous avions débarqué à Marseille, il avait été envoyé avec d'autres tirailleurs sur Saint-Raphaël et pas sur Fréjus. Mais il avait fait sa guerre de son côté et il s'était fait remarquer à plusieurs reprises. Ce qui lui avait valu de devenir lieutenant. Et de prendre la tête de notre groupe début décembre.

Instinctivement, Alma serra contre elle la poupée en porcelaine avec la jolie robe de dentelle.

– Je ne veux pas savoir... commença-t-elle, craignant ce qui allait suivre.

– Tu es sûre ?

– Enfin si, je veux savoir. Mais je n'aime pas ce type...

– Rassure-toi, tout le monde le détestait. Lorsqu'il est arrivé dans notre unité, il nous a fait mettre en rang pour une revue d'effectif. Il nous a dévisagés l'un après l'autre, comme s'il prenait possession de nous. Comme si nous devenions ses choses... En s'arrêtant devant Goliath et moi, il n'a pas prononcé un mot. À peine un tremblement des lèvres qui ne laissait rien présager de bon... Il était assez beau garçon, des yeux clairs et perçants mais d'une froideur de glace. Nous savions déjà par la rumeur qu'il s'était distingué pour ses actes de bravoure autant que par son désir de s'élever dans la hiérarchie. Deux mauvaises nouvelles pour nous.

– Il s'en est pris à vous ?

– Il avait tiré les leçons de l'épisode sur le bateau. Il voulait faire les choses bien cette fois, c'est-à-dire sans nous laisser la moindre chance. Au début, il nous a traités exactement comme les autres : application stricte du règlement, corvées de rigueur, punition au moindre écart de conduite ou de langage. C'était sévère, mais nous n'avions rien à redire. Et puis il a commencé à proposer notre section pour les missions les plus périlleuses, histoire de se faire bien voir. Repérage à l'intérieur des lignes ennemies, soutien des unités en difficulté, nous étions constamment sur la brèche, même en dehors des périodes d'attaque. Avec Driss et moi en pointe, évidemment. Mais là non plus, on ne pouvait rien lui reprocher : il nous accompagnait sur le terrain et il savait manier un fusil. En fait, les choses ont commencé à se gâter lorsque j'ai reçu mon premier colis. Et on peut dire que ça, je ne m'y attendais pas…

Alma eut une moue d'incompréhension qui arracha un soupir au vieil homme.

– Les colis, c'est ce qui aidait beaucoup d'hommes à tenir. Leur famille leur envoyait de la nourriture, du chocolat, des dessins d'enfants, des nouvelles, de quoi leur remonter un peu le moral. Pour ceux qui n'avaient personne, il y avait les marraines de guerre, des bénévoles qui jouaient le même rôle. Elles donnaient au soldat le sentiment qu'il n'était pas seul au monde, que quelqu'un pensait à lui… Le système n'était pas infaillible, car nous autres, jusqu'alors, nous n'avions rien reçu. Et puis un soir, le désormais lieutenant Mogette m'a convoqué au baraquement des officiers. Sur la table, entre nous, il y avait un paquet rectangulaire enveloppé dans un papier épais. Avec mon nom écrit en gros dessus.

« Pour toi, il a lancé.

Je l'ai remercié, m'interrogeant sur ce que cachait cette sollicitude soudaine. Mais quand j'ai voulu prendre le paquet, il m'en a empêché.

– Il n'a pas été ouvert par le contrôle postal, a-t-il déclaré très calmement. Pour vérifier qu'il ne contient aucune denrée interdite. En tant que chef de section, je suis autorisé à effectuer l'inspection devant toi.

Il m'a tendu son coupe-papier d'un air satisfait. Aucun officier ne se comportait ainsi, mais je ne l'ai su qu'après : c'était mon premier colis. Du coup, j'ai obéi. J'ai dénoué la ficelle, déchiré l'emballage, et lui ai tendu le paquet. Il l'a ouvert avec une lenteur désespérante, en a tiré un sachet de bonbons, un pot de miel, deux boîtes de « singe » comme on appelait la viande en conserve, un peigne et un rasoir tout neuf.

– Elle s'occupe bien de toi, ta marraine, a-t-il ironisé.

J'ai failli répondre que je n'en savais rien, que je n'avais jamais eu de marraine avant, sauf que ça n'avait aucune importance : pour lui, il s'agissait simplement de m'humilier.

– Ah, mais ce n'est pas tout, a-t-il ajouté.

Il a sorti du colis une ficelle de cuisine grise enroulée sur elle-même que j'ai immédiatement reconnue : celle de l'arc, dans les arènes de Fréjus. Ce n'était pas une marraine de guerre qui m'écrivait... Puis il a exhumé un livre dont il a déclamé le titre sur un ton ridicule.

– *Cours de grammaire française facilité par l'image. Troisième et quatrième années d'études primaires*. Mazette ! Elle veut faire de toi un chien savant ou quoi ?

Il s'est mis à feuilleter l'ouvrage avec un rictus narquois. Je n'ai rien osé répliquer car je ne voulais surtout pas qu'il sache que le colis venait de Jeanne.

– *Les différentes espèces de mots,* a-t-il lu, *variables, invariables, participes*... Mais à quoi cela pourrait-il bien te servir ? Ta langue à toi, c'est : « y'en a bon, y'en a pas bon ; ça y'en a tirailleur ; moi y en a rentrer case... » Ça doit largement te suffire, non ?

Et tandis qu'il tournait les pages en se moquant, une photographie est tombée. J'ai senti mes poings se serrer.

– De mieux en mieux ! s'est-il réjoui. Qu'avons-nous là ? Une jeune Blanche en robe d'été... Mais elle tient à te retourner le cerveau, décidément !

Il m'a toisé et j'ai dû puiser au plus profond de moi pour ne pas lui coller ma main sur la figure.

– Ça mériterait un signalement au contrôle postal, a-t-il enchaîné. Ce genre de marraine est un danger pour les nègres, tu ne trouves pas ?

Il m'a ensuite fixé, attendant peut-être une réaction de colère qui lui aurait fourni un prétexte pour m'expédier en prison. Je me suis mordu la lèvre et je n'ai pas bougé. Au bout d'un moment, il a jeté la photographie vers moi :

– Enlève-moi ces saletés, a-t-il sifflé. Ce n'est pas pour ça que je t'ai fait venir.

J'ai remis scrupuleusement les objets dans leur emballage, m'attendant au pire. Lorsque j'ai eu terminé, il s'est penché vers moi :

– La cote 317, tu connais ?

La cote 317, tout le monde dans notre cantonnement la connaissait. Une position stratégique sur le plateau qui permettait de surveiller une ancienne voie ferrée. Nous l'avions occupée jusqu'à l'automne, mais les Allemands s'en étaient emparés, interdisant à nos trains de l'emprunter. Elle était défendue par plusieurs mitrailleuses et reliée à la tranchée ennemie par un tunnel d'où les renforts pouvaient surgir en moins d'une minute. Deux vagues d'attaque avaient échoué depuis à la récupérer. Je me suis contenté de hocher la tête, méfiant.

– Nous allons la reprendre, a laissé tomber Mogette. Enfin, *vous* allez la reprendre.

– Nous ? ai-je répété, interloqué.

– Toi et le gros, là…

– C'est… c'est impossible, j'ai bafouillé.

– Tu veux revoir tes deux amis ? Le révolutionnaire qui sera bientôt fusillé et le nain qu'on va envoyer au bagne ?

Pour le coup, je ne savais quoi répliquer.

– Je peux les faire libérer, a-t-il assené. En expliquant que j'ai besoin d'eux pour une opération spéciale. La cote 317…

– Reprendre la 317 à quatre ? C'est du suicide !

– Peut-être… Mais si ça marche, je passe commandant. Dès que vous serez dans la place, j'accours avec le reste de la section. On bourre d'explosifs le tunnel qui mène à leur tranchée et on fait tout sauter. Pas de renforts possibles pour eux, nous redevenons les maîtres.

La lueur fiévreuse qui brillait dans ses yeux ne laissait aucun doute sur sa détermination.

– On n'y arrivera jamais, j'ai juste murmuré.

– Si, on va y arriver, a-t-il rétorqué. Dans trois jours, la veille de Noël…

– Quoi ?

– Ce soir-là, les soldats auront la tête ailleurs. Ils mangeront plus et ils boiront trop. Tu as vu les caisses de vin qu'on a entreposées ici pour le réveillon ? Je te garantis que chez eux c'est pareil. Ils ne seront pas sur leurs gardes, parce que ce jour-là, personne n'a envie de se battre. Si j'attaque avec tout le bataillon, ils nous verront venir de loin. Mais si une poignée d'hommes s'infiltre discrètement, on enlèvera le morceau par surprise. Et le bon moment, c'est Noël.

– Nous, qu'est-ce qu'on y gagne? j'ai fini par demander.

– La liberté pour tes camarades. Pas de bagne, pas de poteau d'exécution. Quant à toi, précisa-t-il en montrant le colis, je te laisse tranquille avec ta marraine.

Il m'a donné quelques secondes pour me décider, puis il m'a houspillé :

– Alors, il en pense quoi, le chien savant ? »

13

12 octobre, 18 h 22

– Bien sûr, vous avez accepté, souffla Alma avec un accent de reproche qui la surprit elle-même.

– Mogette sous-entendait que l'un risquait le poteau et l'autre le bagne. Tu voulais que je fasse quoi ?

– Mais s'il avait exagéré exprès ? Pour vous forcer la main ?

– Tu aurais pris le pari ?

– Ce type ne cherchait que sa propre gloire ! s'emporta Alma. De préférence en vous faisant massacrer !

– Et tu crois que je l'ignorais ?

L'agacement perçait dans le ton de Bakary

et la jeune fille battit en retraite : après tout, qui était-elle pour reprocher à un octogénaire qu'elle avait rencontré deux jours plus tôt son héroïsme dans une guerre vieille de soixante-dix ans ? Ça n'avait pas de sens.

– Pardon, s'excusa-t-elle. Je... j'avais juste peur pour vous.

Cette phrase non plus n'avait pas de sens... Elle dut toucher Bakary, cependant, car il retrouva son air bienveillant.

– C'est important de s'inquiéter des autres, approuva-t-il. En plus, tu as raison, je n'aurais peut-être pas dû accepter.

Il y eut un silence, qu'Alma ne sut trop comment interpréter.

– Ça s'est mal passé ? s'enquit-elle.

Le vieil homme eut un geste vague :

– Nous avions tout préparé au mieux, éluda-t-il. C'est l'Intellectuel qui a trouvé la bonne idée. Mogette les avait fait libérer, lui et le Siffleur, le lendemain même de notre conversation. Nous étions tous les cinq en train d'examiner des cartes et des photographies aériennes quand Lassana a mis le doigt sur l'un des clichés.

« Là ! a-t-il désigné en montrant la voie ferrée.

Il s'agissait de l'endroit où les Allemands avaient

entassé de vieux wagons pour barrer le chemin de fer.

– Ils ont dû renforcer le tout, a supposé Mogette, ce ne sera pas facile. En plus, vous voyez la tache sombre, juste derrière ? C'est probablement une mitrailleuse. Le premier qui se présente…

– Lassana n'a pas tort, j'ai objecté. Un bataillon ne passerait pas, mais trois ou quatre hommes… En plus, on peut rattraper la voie depuis nos lignes en profitant de la nuit. Et puisque le gros de leur artillerie est tourné dans l'autre sens, on ne sera pas directement sous leur feu.

– Mouais, a marmonné le lieutenant. Et ensuite ?

– Ensuite, on essaye de les prendre à revers. En espérant qu'ils seront aussi saouls que vous le dites.

Mogette a réfléchi un moment avant de se décider :

– D'accord. Mais le mieux serait que vous ayez les explosifs avec vous… Pour bloquer leur tunnel en cas de besoin. De notre côté, avec la section, on se déploiera à minuit. Précis… À vous de remplir l'objectif et de tenir jusque-là. »

Voilà le plan tel que nous l'avions élaboré, conclut le vieil homme.

– Et tel qu'il s'est déroulé ?

– Les plans sont faits pour donner du courage à ceux qui les suivent, pas pour se dérouler sans encombre. Le nôtre n'a pas fait exception.

– Vous avez échoué ?

– Pas exactement, esquiva de nouveau Bakary. Disons que nous avons presque fait l'impossible. Nous nous sommes équipés légèrement, avec les armes mais sans le barda, et Goliath a été chargé de la dynamite. Pour ma part, je m'étais aussi fabriqué un arc en utilisant la ficelle de Jeanne. On ne savait jamais…

Vers dix heures, on a pris la direction de la voie ferrée et on a franchi nos propres défenses. Cette partie du terrain en fond de vallée était un vrai boulevard et s'il y avait eu le moindre clair de lune, nous nous serions fait allumer comme au stand de tir. Heureusement, ce 24 décembre, le ciel était plombé de gros nuages.

Après une heure de progression collés au sol, nous sommes arrivés en vue du barrage : un amoncellement de wagons déformés et saucissonnés de barbelés obstruait les rails. De l'autre côté, au moins deux soldats montaient la garde en discutant. Il y avait une source de lumière près d'eux et ils devaient sans doute nettoyer leurs armes car on entendait des cliquetis caractéristiques. Impossible de les attaquer sans déclencher l'alerte générale. D'autant qu'une cinquantaine de mètres plus haut, une forme longue et noire dépassait, tournée vers nous : un canon de 77. Qui n'allait pas manquer de nous pulvériser si nous nous faisions repérer.

Hampaté s'est alors approché de moi :

« Je vais jouer les éclaireurs, copain...

Je n'ai pas eu le temps de dire ouf qu'il rampait déjà vers la barricade. Il a patienté là une éternité en nous faisant signe de rester immobile. Puis, on a entendu l'un des soldats se lever et s'éloigner. Des éclats de voix et des rires nous parvenaient depuis la cote 317 et on s'est dit qu'ils devaient commencer à réveillonner. Mogette avait peut-être raison, après tout...

Bientôt, il y a eu des craquements du côté des wagons et Hampaté a disparu, comme avalé par la masse de métal. Je me suis mis à quatre pattes pour le suivre et j'ai compris : il avait réussi à se faufiler par une vitre cassée et progressait tant bien que mal à l'intérieur des tôles. C'était osé, car malgré sa petite taille, rien ne garantissait qu'il trouve un passage ou une sortie. Rapidement, il s'est fondu dans l'obscurité et je n'ai plus perçu que le léger frottement de son corps. Sauf que je n'étais pas le seul… Au bout de quelques minutes, le deuxième soldat s'est levé à son tour en grommelant quelque chose à propos des «*ratten*»… Si j'avais pu supposer qu'un jour ces fichus rats nous sauveraient la mise! Il s'est penché, à cinq ou six mètres de là et j'ai vu son ombre s'allonger entre les essieux broyés du train. Après quoi il y a eu un bruit sourd et le garde s'est affaissé.

– Je l'ai eu! a chuchoté Hampaté. Grimpez par-dessus, vite!

J'ai été le premier à réagir. J'ai pris mes pinces, sectionné les barbelés et j'ai escaladé le wagon devant moi. Une fois sur l'autre versant, nous avons trouvé le Siffleur accroupi près de la sentinelle inconsciente. Au même moment, le deuxième soldat redescendait par l'espèce d'escalier creusé sur le versant.

– Contre les sacs! a intimé tout bas l'Intellectuel.

Nous avons appuyé le garde sur une pile de sacs qui protégeaient la barricade. C'est par là qu'Hampaté s'était glissé… Ainsi positionné, on aurait pu croire que l'Allemand cherchait ses clés ou son portefeuille, ce qui était assez incongru. Nous nous sommes plaqués dans l'ombre en guettant son comparse qui amenait une bouteille et des gobelets.

– Helmut ? a-t-il lancé joyeusement. Helmut ?

Il a eu l'air surpris en ne voyant pas son camarade et s'est mis à le chercher des yeux.

– Helmut ? *Was machst du* ?

Il s'est avancé vers un Helmut figé dans son étrange posture et avant qu'il ait pu se rendre compte de quoi que ce soit, la foudre tombait sur son crâne – la crosse du fusil de Goliath, en l'occurrence. Nous l'avons tiré ensuite à l'abri et Hampaté l'a délesté de sa vareuse et de son casque dont il s'est aussitôt revêtu. Puis le Siffleur est allé s'installer derrière la mitrailleuse ennemie, histoire de donner le change : si des soldats de la cote 317 jetaient un œil vers la voie de chemin de fer, ils n'y verraient que du feu...

Cette première étape franchie, j'ai continué seul la reconnaissance. Je suis monté tout doucement et je me suis tapi derrières des caisses de munitions. À trente mètres à droite, il y avait une demi-douzaine d'Allemands près d'un tunnel d'où provenait une lueur blafarde. Ils chantaient une chanson de chez eux en choquant leurs bouteilles, loin de se douter que le loup était dans la bergerie. Côté batterie, à gauche, il n'y avait que deux artilleurs à leur poste, l'un qui surveillait le no man's land au nord et l'autre à l'ouest. Ils étaient séparés d'une dizaine de mètres et à portée de voix du tunnel. Un câblage électrique leur permettait d'avoir de la lumière, grâce à des ampoules disposées au niveau du sol, peintes en bleu pour atténuer leur éclat. Malheureusement, la présence d'une sirène au sommet d'un poteau laissait entendre qu'il y avait aussi une alarme... Au passage, il m'a semblé que l'un des six canons que nous avions comptés sur la photographie aérienne était un faux construit en bois. Un stratagème destiné à nous faire croire que la position était très bien défendue.

Je suis redescendu en douce faire mon rapport et nous avons choisi d'éliminer les artilleurs avant de nous en prendre au groupe près du tunnel. L'impératif était de ne pas ameuter les renforts. L'Intellectuel m'a suivi en haut tandis que Goliath se tenait en soutien plus bas, la dynamite à portée de main. Les vapeurs d'alcool aidant, la chanson des soldats s'était transformée en concours de danse, le gobelet à la main. Au moins, ils ne s'intéressaient pas à nous...

Depuis les caisses de munitions, je me suis faufilé jusqu'au canon de 77 qui dominait les rails. De là, je pouvais voir le profil du servant de mitrailleuse qui fumait lentement en considérant nos lignes à l'ouest. Le bout incandescent de sa cigarette offrait un excellent repère. Ma flèche a fendu l'air glacé et s'est plantée à la jointure de son casque et de son manteau. Le pauvre type a basculé en avant, sans un mot, et son front a heurté le fût du canon avec un son mat. Je me suis approché de lui à pas de loup de façon à avoir son acolyte en ligne de mire. Il était de trois quarts et il aurait fallu un miracle pour le mettre hors de combat dans ces conditions. Je suis alors revenu sur mes pas pour demander à l'Intellectuel de faire diversion... Après quoi j'ai repris ma place et j'ai patienté, les sens à l'affût et l'arc bandé. Quelques secondes plus tard, un caillou heurtait le parapet et le soldat s'est retourné. J'avais tant de fois interrompu le vol d'un oiseau ou la course d'un poisson sur les bords du Niger que je n'ai eu qu'à me représenter en esprit la trajectoire de la flèche. La corde a vibré et la pointe a frappé sa cible. Sans être fatale, toutefois : l'homme s'est redressé, portant la main à son cou et s'efforçant d'appeler à l'aide. Il a produit un vague râle qu'une deuxième flèche a étouffé. Mais s'il n'a pas réussi à alerter les siens, son corps en tombant s'en est chargé : deux ampoules ont éclaté à ses pieds, stoppant net les conversations. Nous étions sur le point d'être découverts... »

Bakary s'interrompit et se mit à tousser, comme si ce long monologue lui avait irrité la gorge. Il fouilla sa veste à la recherche d'un mouchoir, laissant entrevoir le logo de sa chemise : Neck. Alma ne connaissait pas cette marque, mais vu la coupe et la couleur, elle se promit de la fuir si elle la croisait dans un magasin.

– Pardon, hoqueta-t-il, je... je n'ai plus l'habitude de parler autant.

– Ou bien vous faites ça pour ménager le suspense ? l'asticota-t-elle gentiment.

– Le suspense, hélas ! soupira-t-il une fois sa quinte apaisée. C'est de notre peau qu'il s'agissait ! Et d'un coup, ça a dégénéré en bataille rangée. Le premier soldat qui a aperçu le corps s'est précipité sur l'alarme et l'Intellectuel n'a eu que le temps de l'en empêcher. À partir de là, ça s'est mis à siffler de partout. Je me suis protégé derrière la mitrailleuse en la faisant pivoter et j'ai commencé à arroser le tunnel à l'aveugle. J'ai vu Goliath surgir de l'escalier puis Hampaté sous son casque prussien. Une première grenade a atterri à quatre mètres de moi et je me suis jeté en arrière. La déflagration m'a déchiré les tympans et pendant plusieurs secondes je n'ai plus rien entendu, seulement mon cœur qui battait à tout rompre. Puis il y a eu une deuxième pétarade du côté des caisses de munitions et tout ce côté-là s'est embrasé. J'ai récupéré mon fusil par terre et tenté d'atteindre le seul Allemand que je distinguais au milieu de la fumée. Jusqu'à ce que je devine la silhouette de Goliath qui se coulait derrière lui… J'ai alors baissé mon arme et me suis déplacé vers la position de l'Intellectuel, à l'abri du canon en bois.

« Ils sont plus que deux, m'a-t-il hurlé, tu peux les avoir en faisant le tour !

J'ai obéi en plongeant vers le talus qui dominait la voie ferrée et en glissant sur plusieurs mètres. Après quoi j'ai couru à mi-pente pour contourner nos ennemis… Je m'apprêtais à remonter sur le plateau lorsque j'ai reçu de plein fouet la masse de Goliath qui courait en sens inverse. Il m'a entraîné à nouveau vers le bas en baragouinant quelque chose d'incompréhensible et nous avons été secoués par une formidable explosion, comme si la butte se transformait en volcan. Goliath avait réussi à dynamiter le tunnel... Une fois le choc passé, j'ai constaté qu'il boitait et qu'il était blessé au bras. Il m'a fait signe que tout allait bien et je suis reparti à l'assaut de la cote 317. Le spectacle était apocalyptique : un chaos de pierres bloquait l'accès au tunnel et il y avait un rideau de poussière en suspension. L'incendie avait gagné le mobilier de fortune, plusieurs caisses brûlaient et les corps des soldats allemands étaient rongés par le feu.

– C'est fait, m'a lancé l'Intellectuel en sortant de sa cachette. On a réussi !

– Et Hampaté ? j'ai demandé.

Nous avons fouillé des yeux l'obscurité avant de repérer le corps du Siffleur, recroquevillé près de l'une des mitrailleuses. Celle-ci l'avait en partie protégé d'une grenade, mais pas totalement : sa tête et ses mains baignaient dans le sang. Il respirait faiblement cela dit, et nous l'avons transporté dans un endroit moins exposé. Heureusement, il n'a fallu qu'une vingtaine de minutes avant que le reste du bataillon n'arrive et qu'Hampaté ne soit évacué vers un hôpital de campagne. En piteux état... »

– Mais il s'en est tiré, au moins ?

– Il aurait peut-être mieux valu que non, répondit le vieil homme, la voix blanche. La grenade lui avait emporté le bas du visage et plusieurs doigts. Son surnom de Siffleur n'avait désormais plus de sens.

– C'est affreux, s'exclama Alma. Ce pauvre Hampaté, c'est injuste. Il avait l'air si gai... Et Driss ?

– Driss était une force de la nature. Même avec du plomb dans la jambe et le bras, il était encore capable de courir et de porter un homme.

– On vous a félicités, au moins ?

– On a félicité Mogette, en tout cas. Qui de son côté a tenu sa promesse : les poursuites contre Hampaté et Lassana ont été abandonnées. Mais concernant ce dernier, on l'a retiré du front et envoyé dans un « bataillon d'étape », une unité chargée de tâches d'intendance à l'arrière. Histoire qu'il ne contamine pas les autres soldats avec ses idées politiques.

– La fin des mousquetaires, alors ?

– La fin, oui...

14

13 octobre, 15 h 08

Enfin libre ! Alma avait dû batailler ferme pour échapper aux courses du samedi – la punition de M. Pilar avait servi d'alibi – en promettant de garder Alphonse-Casse-pieds juste après, pendant que sa mère et Robert iraient chercher grand-père à la gare. Car oui, c'était week-end familial, ce qui signifiait un retour brutal à l'âge de Pierre – le nom de son grand-père –, un âge où les enfants ne parlaient pas à table et subissaient une avalanche de reproches sur leur façon de s'habiller, de tenir leur fourchette ou de travailler à l'école. Sans compter les récits mille fois rabâchés sur l'heureux-temps-jadis et la critique systématique de tout ce qui avait moins de quarante ans – la mère d'Alma, qui entrait encore dans la catégorie, n'échappant pas à la mauvaise humeur paternelle. Bref, dans cette désolante perspective, le devoir sur les légionnaires et les poilus faisait presque figure d'aimable plaisanterie. Même si, pour l'heure, Alma n'avait réussi à écrire qu'une seule et unique phrase, grotesque au demeurant : « On sait que pendant la guerre les poilus étaient légion, mais tous les légionnaires étaient-ils poilus ? » Le genre d'absurdité qui produirait sur M. Pilar le même effet que le chiffon rouge sur le taureau enragé...

Elle grimpa jusqu'au numéro sept où elle avait promis de retrouver Bakary à quatorze heures – une heure de retard, donc –, frappa à la porte et n'obtint aucune réponse. Elle tourna la poignée : c'était ouvert. Mais vide... La veille, le vieil homme était parti précipitamment après une nouvelle quinte de toux : il avait eu besoin de médicaments et avait dû regagner sa chambre à cinq minutes de là. À peine s'ils avaient eu le temps de se dire « à demain ».

Alma hésita, bizarrement intimidée. Tous ces souvenirs entassés, ce bric-à-brac de vieilles choses qui ne servaient plus à rien ni à personne… Presque sans y penser, elle effleura l'abattant poussiéreux du gros secrétaire, mais il était verrouillé. Elle glissa un œil dans le premier dossier accessible sur la table et n'y trouva que de vieilles coupures de journaux sur des faits-divers. En dessous, il y avait un livre de comptes puis une série de dossiers avec des noms dans l'ordre alphabétique : Damian, Delgado, Dupont… Les clients d'un agent d'assurances, les patients d'un médecin ? Alma ne se souvenait pas qu'il y ait jamais eu ni l'un ni l'autre dans l'immeuble. À côté, se trouvaient des cartons scellés, surmontés d'une boîte à chaussures. Son grand-père avait l'habitude de dire que pour connaître un homme, il suffisait de regarder ses souliers. Après tout, pourquoi pas ? Elle fit glisser le couvercle et découvrit un paquet de photographies en noir et blanc. Elle en souleva quelques-unes, du bout de l'ongle : un couple sévère, sans doute du siècle précédent, lui sur un fauteuil, elle debout derrière ; une classe d'adolescents en costume qui entouraient leur professeur ; un gros bébé rieur dans un jardin, posé sur un drap blanc ; un jeune garçon en habit de communiant, les mains croisées, l'air égaré… Des vies d'autrefois, dont ne subsistaient plus que des ombres sur papier brillant.

– Ça va ?

La voix essoufflée de Bakary la fit sursauter.

– Pardon ! bégaya-t-elle en se retournant. Je... je ne sais pas ce qui m'a pris, je ne voulais pas être indiscrète. Je vous attendais là, et...

– Il n'y a pas de mal, Alma, la tranquillisa-t-il. Les photographies sont faites pour être regardées... C'est comme les défunts, tu ne crois pas ? Ils n'ont pas d'autre moyen de vivre que dans nos souvenirs... Le jour où plus personne ne pense à eux, ils sont vraiment morts !

Il avait prononcé ces quelques phrases sur le ton le plus léger possible, tout en faisant des pauses pour ménager sa respiration. La couleur de sa peau avait viré au gris et les sillons sur son visage étaient devenus de larges rigoles : il n'allait pas bien.

– Vous... vous ne devriez pas voir un médecin ? suggéra-t-elle. Vous êtes... pâle.

– Un médecin ? J'en ai vu un ce matin à l'hôpital. Il a affirmé qu'il n'avait jamais rencontré quelqu'un d'aussi résistant que moi ! C'est pour te dire...

Il tâchait de donner le change, mais le tremblement de sa main gauche démentait ses propos rassurants.

– J'avais laissé la porte ouverte, expliqua-t-il, car j'ai dû redescendre faire une course. Je ne savais pas si tu aurais la patience d'attendre dans le couloir.

Il inspira profondément avant d'ajouter :

– Je… je peux m'asseoir, maintenant ? Rappelle-moi juste où nous en étions hier.

Elle s'effaça pour le laisser gagner le fauteuil et reprit sa place habituelle sur les couvertures, près de la poupée. Bakary s'effondra sur son siège, comme si ses jambes ne le portaient plus.

– Alors, gémit-il, où donc ?

– La… la cote 317. La blessure du Siffleur et le transfert de l'Intellectuel dans un bataillon d'étape.

– C'est ça, se remémora-t-il, la fin de notre première année de guerre. Après quoi…

Il fouilla sa veste à la recherche d'un mouchoir, ce qui permit à Alma de constater qu'il avait une autre chemise *Neck*, d'un vert acidulé cette fois.

– Après quoi nous sommes partis en hivernage, poursuivit-il en s'épongeant le front. Goliath et moi.

– En hivernage ? répéta ostensiblement Alma,

histoire de bien montrer qu'elle s'intéressait au récit.

– Oui. Nos chefs avaient fini par comprendre qu'il ne faisait pas bon laisser la Force noire dans les rigueurs de l'hiver. Nous venions de climats chauds et beaucoup d'entre nous étaient cloués au lit à cause de bronchites ou de pneumonies. Alors dès janvier, on nous a renvoyés vers le sud. Pas Fréjus, cette fois, mais Saint-Raphaël, à quelques kilomètres.

– Du coup, vous avez pu revoir Jeanne ?

– Jeanne... murmura-t-il.

Un instant, on aurait pu croire que toutes ces années s'envolaient et que sa fiancée venait de lui apparaître : Bakary s'était imperceptiblement redressé, un sourire de jeune homme aux lèvres. Mais Alma avait beau écarquiller les yeux, elle ne voyait rien d'autre que des cartons et des murs aux couleurs défraîchies.

– Nous nous sommes retrouvés sous le porche du Lion d'Or, continua-t-il, au même endroit, exactement. Comme si toutes ces semaines n'avaient pas existé. Comme s'il n'y avait pas eu la distance, la peur, les tranchées...

« Je t'avais promis que tu reviendrais, non ? m'a-t-elle chuchoté à l'oreille.

– Je n'avais pas le choix, j'ai répondu, si j'étais mort sans te remercier pour le colis, tu m'en aurais voulu à jamais.

– Mais tu as encore fait des progrès ! s'est-elle réjouie. Tu parles aussi bien que n'importe lequel des officiers de cet hôtel !

Elle exagérait, bien sûr, mais j'ai fait semblant de la croire.

– Un élève aussi doué mérite une récompense, a-t-elle décidé.

Puis elle a ajouté :

– Et si on se mariait, Bakary ? »

Il y eut un vrai grand silence, comme dans les films romantiques, lorsque les héros, après mille péripéties, finissent par s'avouer qu'ils s'aiment. Pour le coup, Alma en avait le sifflet coupé.

– Vous marier ? énonça-t-elle lentement. Rien que ça ?

– Moi aussi, ça m'a surpris, admit-il. Mais Jeanne avait des idées sur tout, y compris sur le mariage. Et elle aimait que le monde marche à sa façon.

– Alors vous avez accepté ?

– Elle m'aurait demandé de grimper à la corde jusqu'à la lune, je me serais élancé avec joie ! Sauf que je me suis vite aperçu que cet empressement masquait autre chose. Elle était préoccupée. Je l'ai questionnée pour savoir ce qui la tracassait et elle m'a avoué que sa mère l'avait rejointe au Lion d'Or pour l'hiver et qu'il n'était plus possible que nous nous rencontrions à Fréjus, ni même dans les environs.

« Ma mère a un sixième sens pour tout ce qui me concerne, a affirmé Jeanne. Si tu es dans les parages, elle ne mettra pas deux jours à le savoir.

– Et comment veux-tu que je t'épouse si tu ne me présentes pas à elle ? ai-je fait remarquer.

– Nous n'avons besoin de personne pour nous marier, Bakary, et surtout pas d'elle. De toute façon, elle ne donnera jamais son accord...

Il y a eu du bruit côté cuisine et Jeanne a mis un doigt sur sa bouche :

– Il faut que tu t'en ailles ou on va se faire prendre. »

Voilà comment se sont déroulées nos retrouvailles...

Une bonne dizaine de questions se bousculaient dans l'esprit d'Alma qui décida de commencer par la plus évidente :

– Et... vous vous êtes mariés ?

Le vieil homme partit d'un petit rire qui

faillit dégénérer en râle et il dut respirer bouche grande ouverte avant de formuler sa réponse :

– Un mariage comme celui-là, Alma, je parie que tu n'en as jamais vu !

15

13 octobre, 15 h 23

– Cette intrusion de la mère de Jeanne a tout changé, reprit le vieil homme. Geneviève était une femme stricte, toujours vêtue de sombre, un chignon tendu à l'arrière de la tête, comme une grenade. D'ailleurs, elle-même était capable d'exploser à la moindre contrariété. Et l'idée que sa fille de dix-neuf ans se marie avec un Noir occupait la première place dans la liste de ses cauchemars.

– Dans ce cas, vous avez fait comment ?

– D'abord, nous nous sommes arrangés pour nous voir ailleurs. Fréjus n'étant pas sûr, Jeanne s'est inventé une passion pour le violon et a obtenu l'autorisation de prendre des leçons chez une musicienne de Saint-Raphaël. En réalité, elle me retrouvait à l'entrée de la ville et nous allions marcher des heures sur la plage ou dans l'arrière-pays. Lorsqu'il faisait trop mauvais, nous nous réfugiions dans une petite taverne dont le patron était discret et ne posait aucune question. Par contre, nous évitions de traîner dans le centre car il y avait le risque de croiser Mogette. Entre autres.

– Ça ne pouvait pas durer éternellement, si ? anticipa Alma. Sa mère allait forcément s'apercevoir qu'elle ne suivait pas les cours…

– Le violon est un instrument difficile, c'est là-dessus que misait Jeanne. Elle se contentait d'en tirer quelques sons aigrelets à l'hôtel, qui cassaient si bien les oreilles des résidents que personne ne songeait à lui en réclamer davantage. Concernant le mariage lui-même, par contre, les démarches étaient plus délicates. Aucun maire ni aucun curé ne voulaient en entendre parler sans le consentement des parents. La majorité était à vingt et un ans, à l'époque. Un jeudi où j'avais permission toute la journée, j'ai même poussé jusqu'à Marseille avec Goliath. Je me disais que dans une très grande ville, nous aurions plus de chance d'être écoutés. Mais c'était peine perdue : partout, on m'a claqué la porte au nez. Tant que nous étions sur Marseille, ajouta-t-il, nous en avons profité pour rendre visite au Siffleur, qui avait été transporté à l'Hôtel-Dieu, dans une aile spécialement réservée aux blessés de la face. Eh bien, crois-moi ou non, malgré toutes les épreuves qu'il avait traversées, tous les morts et les camarades disparus, pour la première fois, j'ai vu Goliath pleurer…

– À cause de l'état d'Hampaté ? fit doucement Alma.

– Parce que le service des gueules cassées était encore plus poignant qu'une morgue ou qu'un champ de bataille. Des types comme des momies qui déambulaient sous leurs bandages, d'autres qui avaient enlevé leurs pansements et offraient leurs visages en lambeaux à la vue de tous… Le plus troublant était leur regard, car beaucoup semblaient regretter d'avoir survécu. Certains étaient là depuis deux ans et avaient subi dix, quinze, peut-être vingt opérations ou greffes de peau. Pour un résultat souvent dérisoire. Quelques-uns arboraient de faux nez, des joues ou des mentons en cire, des prothèses de mâchoires retenues par d'horribles sangles… Comme les tristes invités d'un carnaval tragique. La plupart souffraient le martyre et savaient qu'ils ne retrouveraient jamais une apparence normale. Ils étaient condamnés à vivre comme des bêtes curieuses, suscitant la pitié ou le dégoût.

– Et Hampaté ?

– Ses plaies avaient à peine cicatrisé et le chirurgien attendait qu'elles se referment mieux pour risquer une intervention. La flamme espiègle dans ses yeux s'était tout à fait éteinte et il errait du lit à la fenêtre, une compresse de gaze sur la moitié du visage. Au début, il a même refusé de nous laisser entrer, car il ne voulait pas de notre compassion. À la fin, il est tombé dans mes bras en sanglotant :

« O… ain ! ânonnait-il. O… ain… »

Pauvre copain, oui. Il nous aurait suppliés de l'achever, je crois que Goliath aurait sorti son arme.

– Je… je suis désolée, lâcha Alma.

Elle n'osa en ajouter davantage, consciente de ce que ses mots étaient impuissants à dire. Quand elle songeait à ce dont elle se plaignait, elle…

– Que veux-tu, soupira Bakary, pour les moins chanceux d'entre nous, il était écrit que cette saleté de guerre durerait toute la vie. Et en même temps, à ma grande honte, je dois avouer que ce jour fut aussi pour moi celui d'une joie immense. L'hôpital accueillait de nombreux tirailleurs et l'une des infirmières que j'ai questionnée a bien voulu me renseigner. Elle a consulté ses registres et m'a apporté la nouvelle à laquelle je n'osais plus croire : mon frère, Konaté, était à l'Hôtel-Dieu.

– Non !

– Si... Voilà bien l'ironie de l'existence que d'offrir les bonheurs les plus inattendus au milieu des plus grandes tristesses. J'ai couru vers l'aile opposée du vaste bâtiment de pierre où j'ai fini par le dénicher qui jouait aux cartes. Nous sommes tombés dans les bras l'un de l'autre, ou plutôt il est tombé dans les miens, car il avait perdu sa main droite jusqu'au coude. Mais il était là et il était vivant !

– Il vous a dit ce qu'il lui était arrivé ?

– Son bataillon avait été expédié sur le front d'Orient, d'abord contre l'Empire ottoman en 1915, puis contre la Bulgarie, l'année suivante. Les conditions là-bas étaient aussi épouvantables qu'en France et les tirailleurs qui n'avaient pas été laminés au combat l'avaient été par la dureté du climat. Konaté était parvenu à survivre tant bien que mal, jusqu'à ce qu'il tente en pleine bataille de renvoyer une grenade qui avait atterri à ses pieds. Avant qu'il ait eu le temps de la lancer, elle éclatait entre ses doigts... Les médecins lui avaient promis une prothèse, un genre d'avant-bras en bois et en cuir, après quoi il était prévu qu'il retourne au Mali. Pour moi, c'était plus qu'un soulagement, une renaissance : mon engagement dans l'armée, ma fuite loin du village, les mensonges que j'avais faits à ma mère et aux autres, tout cela prenait un sens.

– Mais alors, vous auriez pu rentrer aussi, non ? suggéra Alma. Vous aviez récupéré votre frère !

– Et Jeanne, observa Bakary en souriant, tu en fais quoi ? Sans compter que si Konaté perdait sa solde, c'était à moi de subvenir aux besoins de ma mère et de mes sœurs. Bref, je n'avais pas le choix : je devais continuer.

– Konaté n'a pas tenté de vous convaincre de le suivre ?

– Il était bien conscient qu'avec un seul bras, il ne serait pas d'une grande utilité au village. Quant à la prothèse qu'il a reçue, elle lui faisait tellement mal qu'il ne l'a jamais portée. Nous

nous sommes revus juste une fois avant son départ et je me suis rendu compte à quel point il avait vieilli. Quelques fils argentés blanchissaient même ses cheveux.

– Vous avez eu de ses nouvelles, ensuite ?

– J'ai reçu un courrier quatre mois après. Le voyage s'était bien passé mais il avait eu une mauvaise surprise à l'arrivée. M'Butu...

– M'Butu ?

– M'Butu avait détourné l'argent censé revenir à notre mère. Elle n'avait rien touché depuis un an. Avec la complicité de Malinko Malinké, bien sûr. Ce dernier s'était d'ailleurs bien gardé de lui lire mes lettres, en comptant que je ne réapparaisse jamais au pays. Plus de fils Sakoro, plus de questions gênantes ! Et ma malheureuse mère qui croyait avoir perdu ses deux garçons...

– Le malfaisant ! s'exclama Alma – c'était une expression de son grand-père, désuète, certes, mais qui lui semblait convenir ici. Votre frère lui a mis sa main dans la figure, au moins ?

Elle réalisa trop tard que la formule était maladroite, en conçut de la gêne, mais se rassura en constatant que Bakary n'en prenait pas ombrage.

– Bien que diminué, continua celui-ci, Konaté

n'en restait pas moins un Sakoro, petit-fils du chef de Farako, district de Ségou. Mon grand-père s'est rendu là-bas avec les hommes du clan, pour obtenir justice. Les autorités de Ségou ne pouvaient feindre de l'ignorer. M'Butu a comparu devant le tribunal des sages et malgré sa défense vigoureuse, il a été condamné à reverser les sommes volées. Notamment à ma mère, qui a employé une partie de cet argent à faire des cadeaux aux familles du village, en remerciement de leur soutien. Une façon de favoriser son retour en grâce, y compris auprès de la deuxième tante. Quant à Konaté, il y a gagné le surnom de « Fils de l'Immortel », car après tout, il avait survécu à de bien terribles combats. Et ce membre raccourci qu'il exhibait tous les jours en apportait la preuve éclatante.

– Et Malinko Malinké ?

– Il était plus malin encore que M'Butu. Il a senti le vent tourner et, avant même que la police de Ségou ne puisse l'attraper, il s'était enfui. D'après des paysans qui vendaient leurs fruits au marché de la ville, il avait été aperçu assez loin sur la route de Bamako. Déjà hors d'atteinte.

– Vous avez dû être furieux ! supposa Alma,

que la lâcheté de Malinko Malinké n'en finissait pas de révolter.

Le vieil homme haussa les épaules.

– Pour tout te dire, c'est surtout à Djenly que je pensais. Car en définitive, c'est sur elle que retombait la faute de son mari. Non seulement il avait déshonoré le village, mais il l'avait abandonnée. Or, je l'ai appris plus tard, elle attendait un enfant. Son premier enfant.

– Mais c'est monstrueux !

– N'est-ce pas ? Comme si une malédiction pesait décidément sur mes projets de mariage et sur tous ceux qu'ils avaient concernés à un moment ou un autre. Et ce n'était pas fini...

16

13 octobre, 15 h 36

– Après toutes ces semaines de recherches infructueuses, continua Bakary en s'éclaircissant la voix, Jeanne a pris une décision. Nous marchions pieds nus dans l'eau froide, lorsqu'elle s'est arrêtée et m'a serré la main très fort.

« Ils ne veulent pas de notre mariage, a-t-elle grondé, eh bien d'accord, on fera sans eux.

– Qu'est-ce que ça veut dire ?

– Ça veut dire que nous allons nous marier, quoi qu'il advienne.

– Mais encore ?

Elle s'est tue, l'air farouche.

– Pour se marier, j'ai insisté, il faut être deux, tu n'as pas oublié ?

– Il faut être deux, oui, a-t-elle convenu, le regard dur.

Elle a hésité un moment, puis s'est lancée :

– Ils ont des projets pour moi...

– Ils ont quoi... ? j'ai répété.

– J'ai surpris une conversation entre ma mère et ma tante, a-t-elle expliqué. Mon père arrive à la fin du mois. Il veut organiser une grande fête au Lion d'Or pour ses cinquante ans. Mais ce n'est pas tout : il vient avec son aide de camp. Son secrétaire particulier, si tu préfères. Un jeune polytechnicien de bonne famille. D'après ce que chuchotait ma mère, ils comptent me le présenter. Pour que je l'épouse. »

– Je dois t'avouer, ajouta Bakary, j'en suis resté comme deux ronds de flan... Il ne s'agissait plus seulement de se marier mais d'empêcher que Jeanne en épouse un autre ! Comme Djenly !

– Mais on ne peut pas obliger quelqu'un à se marier, s'offusqua Alma, pas chez nous !

– Pour les jeunes filles du début du siècle, la France n'était pas si différente des villages africains.

– Dans ce cas, comment pouvait-elle espérer quoi que ce soit ?

– C'est ce que j'ai tenté de lui faire comprendre, mais elle n'a rien voulu entendre.

« Ce sera ma surprise, Bakary, a-t-elle juste répondu. »

– Elle était quand même bizarre, cette Jeanne, non ? souffla Alma après réflexion.

– Elle avait son tempérament. Ou peut-être qu'elle ne voulait simplement pas me décevoir. Toujours est-il que deux semaines plus tard, nous partions dans l'arrière-pays pour une destination dont j'ignorais tout. Elle m'avait suggéré de mettre mon plus bel uniforme et elle-même avait emporté une robe bleue toute neuve et un gros sac. Elle avait raconté à sa mère qu'à l'occasion de la fête du Printemps à Saint-Raphaël, elle participait à un concert avec les élèves de son cours. Quant à moi, l'hivernage se terminait, et comme tous mes camarades, j'avais dix jours de permission. Nous étions libres, au moins jusqu'au lendemain.

Elle m'a mené sur une petite route qui serpentait entre les collines, en s'amusant de mes questions et de mon ignorance. La saison hésitait, l'air était frais, la terre encore humide, mais un soleil couleur de paille caressait les flancs de la montagne. Je ne savais pas à quoi m'attendre mais j'avais bien conscience qu'il allait se passer quelque chose d'important. Et qu'il me faudrait un cadeau... Je ne voulais pas d'un objet ni d'un bijou, ça paraissait trop banal. Il fallait quelque chose qui vienne de moi. Finalement, j'ai composé un poème. Un poème idiot, maladroit, que j'ai mis des heures à rédiger. Des heures et tout un dictionnaire !

– Un poème, s'enthousiasma Alma, c'est tellement mignon ! Jamais Jonas n'aurait une idée pareille !

– Et il aurait raison, sans doute. Toi-même, tu changeras d'avis quand tu l'auras entendu. Il doit être quelque part par là...

Il parcourut l'album jusqu'à une double page où était collée une feuille de cahier d'écolier. Le poème était rédigé en lettres majuscules hésitantes, avec une encre noire délavée.

– Écoute ça, continua le vieil homme, tu vas rire.

Il y avait le fleuve, il y avait les roseaux,
Il y avait le ciel, il y avait les oiseaux,
Il y avait la brousse et tous les animaux,
Mais mon cœur solitaire était en sanglots

Il y avait la mer qui faisait le gros dos,
Il y avait le sel qui blanchissait ma peau,
Il y avait ce grand port battu par les flots
Mais mon cœur solitaire était en sanglots

Il y avait les rêves du monde nouveau,
Il y avait la France et l'amour du drapeau
Pour les soirs d'hiver les amis qui tiennent chaud,
Mais mon cœur solitaire était en sanglots

Puis j'ai croisé tes yeux sous ce joli chapeau
Ta démarche de reine dans un blanc manteau
La douceur de ton rire, la chaleur de tes mots
Pour mon cœur amoureux le plus beau des cadeaux.

– Exécrable, hein ? conclut Bakary.

– Au contraire, s'écria Alma, c'était une attention délicieuse ! Vous ne parliez même pas français un an plus tôt !

– C'était ma seule excuse, hélas. Et encore, je dois confesser que j'avais emprunté un livre de poésie à la bibliothèque du camp. Je l'ai beaucoup copié.

– Vous permettez ? fit Alma en tournant l'album vers elle. C'est votre écriture ?

– Une écriture de débutant, oui, lâcha le vieil homme. J'ai fait des progrès ensuite.

– Je trouve ça tellement touchant, continua-t-elle en parcourant le texte. Une vraie déclaration d'amour. Il n'y a pas beaucoup de garçons capables de ça.

– On ne devrait jamais hésiter à déclarer sa flamme, assura Bakary. L'amour est une force, certainement pas une faiblesse. Pour celui qui le donne comme pour celui qui le reçoit.

– Il y a même des alexandrins ! remarqua Alma.

– J'espérais l'éblouir. Elle avait lu Baudelaire, ce n'était pas gagné.

– Elle a apprécié ?

Bakary toussa et la jeune fille crut qu'il allait faire un nouveau malaise. Il se força à respirer lentement et, après avoir aspiré une longue goulée d'air, parvint à se maîtriser.

– Nous avons marché jusqu'à la nuit tombée, reprit-il, puis nous sommes arrivés au-dessus d'un village, au milieu de maisons en ruine. L'une d'elles était plus haute, avec une sorte de tour délabrée. L'ancien clocher d'une chapelle, m'a expliqué Jeanne. Le hameau avait été abandonné suite à la crue abominable du torrent voisin, et reconstruit plus bas, à l'écart. C'est sa tante qui lui avait parlé de l'endroit, car il s'agissait d'un de ses lieux de promenade favoris.

– Bien sûr ! s'exclama Alma. Une chapelle !

– Tu commences à comprendre…

– Mais vous n'étiez pas chrétien ?

– Je ne m'étais jamais soucié de religion en dehors des croyances de mon peuple. De son côté, Jeanne prétendait que Dieu était partout où les gens s'aimaient. Cette profession de foi me plaisait bien. Je l'ai suivie dans la bâtisse, un genre de vaisseau de pierre éventré par le haut, avec les restes du clocher qui lui faisaient comme une cheminée. Il ne subsistait qu'un bénitier vide et une table d'autel fendue dans la longueur. L'obscurité gagnait et je ne voyais pas bien où Jeanne voulait en venir.

«Nous allons dormir là ? je me suis inquiété.

– D'abord, nous allons nous marier, m'a-t-elle répondu.

Elle a sorti de son sac une poignée de bougies qu'elle a disposées en demi-cercle dans le chœur, puis un napperon blanc qu'elle a déplié sur l'autel. Après quoi, elle a pris une minuscule boîte qu'elle a ouverte sur la table sacrée. Il y avait deux anneaux en argent à l'intérieur.

– Des alliances ? j'ai constaté, étonné.

– Elles lieront nos doigts et nos cœurs pour la vie, Bakary. Viens…

Nous nous sommes placés devant l'autel et elle a prononcé quelques mots. C'était étrange, à la fois irréel et très solennel. Je ne suis plus très sûr de ce qu'elle a dit, je me rappelle qu'elle a répété nos noms plusieurs fois, qu'il était question de la force de notre amour et de l'éternité. Aujourd'hui, je regrette de ne pas m'en souvenir davantage. J'étais trop ému, sans doute. Puis nous avons passé les alliances et nous nous sommes embrassés. Nous sommes restés là, serrés l'un contre l'autre, à nous promettre l'impossible. Et à y croire. »

Il montra sa main, où se voyait toujours l'anneau d'argent.

– Nous avions raison, en un sens. Car pour ma part, je l'aime encore.

– Et elle ? fit Alma après un temps.

– Elle ? Je… je suis convaincu que si elle se tenait là, dans ce fauteuil, elle te dirait la même chose.

Il fixa ostensiblement le sol et la jeune fille comprit qu'il valait mieux ne pas insister.

– C'était quand même une belle idée, avança

Alma en manière de diversion. La chapelle, les bougies, juste vous deux…

– Une belle idée, oui, reconnut le vieil homme. Qui s'est même prolongée la nuit entière : il était tard et nous avons résolu de dormir sur place. Jeanne avait tout prévu, comme d'habitude, et son sac contenait même une couverture. Ce qu'elle n'avait pas prévu, par contre, c'est ce qui nous attendait le lendemain.

17

13 octobre, 16 h 14

– Ce sont les bruits de pas qui m'ont réveillé, expliqua Bakary. Le soleil venait juste de se lever et une lumière de début du monde descendait sur le chœur. Mon instinct de soldat me tenait en alerte et je me suis redressé d'un bond. Au moins trois hommes, qui marchaient avec précaution, mais sans avoir la science des vrais chasseurs... Je me suis précipité vers un pan lézardé du mur pour y couler un œil. Deux gendarmes et un berger avançaient droit vers nous. Pas par hasard, bien sûr.

« Pardi qu'y'a quelqu'un ! baragouinait le berger. Hier au soir, y'avait de l'agitation et des lueurs. Normalement, personne doit v'nir dans c'te chapelle. Elle est dangereuse.

« Un des gendarmes, un corpulent qui soufflait tout ce qu'il savait, lui a fait signe de se taire. J'ai réveillé Jeanne pour qu'elle se tienne prête et elle a juste eu le temps de ramasser ce qu'il restait des bougies avant que les trois autres ne fassent irruption dans l'église.

– Mais qu'est-ce que c'est qu'on a là ? a coassé le deuxième policier, un tout maigre avec un nez en bec de chouette.

Il nous a dévisagés avant d'ajouter à l'intention de Jeanne :

– Il vous a fait des problèmes, mam'zelle ?

Jeanne a eu un geste d'incompréhension, puis s'est ressaisie :

– Non, pas du tout…

– C'est vraiment sûr, ça, a insisté Bec-de-chouette en se tournant vers moi. Tu lui voulais quoi à la jeune dame ?

Il n'était pas question d'avouer que nous nous étions réfugiés ici pour nous marier, évidemment.

– Je voulais rien de mal, j'ai protesté.

– Tu es quoi, au juste ? a continué Bec-de-chouette. Un tirailleur égaré ? Un déserteur qui veut pas retourner au front ? Tu as pris la poudre d'escampette et t'es tombé sur une jolie

Française, c'est ça ? Quelle aubaine ! J'espère pour toi que t'as rien fait de grave...

Il espérait tout le contraire, en vérité, ça se voyait à sa manière de plisser les yeux. L'une des fonctions des gendarmes était de traquer les déserteurs et tout laissait à penser que celui-là se frottait les mains dès qu'on lui confiait ce genre de mission. Ça n'a pas échappé à Jeanne, tu l'imagines :

– Vous vous trompez complètement, est-elle intervenue. Tout est de ma faute. J'étais partie me promener et je me suis tordu la cheville.

Elle s'est avancée vers le gendarme en boitant et en simulant une douleur intolérable.

– Si je n'avais pas croisé ce soldat sur mon chemin, j'aurais passé la nuit dehors. Il m'a portée jusqu'ici en attendant que le jour vienne. Il se proposait même d'aller me chercher un taxi ce matin pour me reconduire chez moi.

– M'ouais, a lâché Bec-de-chouette, soupçonneux. Et qu'est-ce qu'il trafiquait dans le coin, m'sieur Sénégal ? À part se tirer en douce de son camp, je veux dire ?

– Je suis en permission.

– Tu penses ! a douté l'autre. Il a ses papiers, au moins ?

J'ai présenté mon livret militaire, qu'il a feuilleté, la mine d'autant plus agacée que tout était en règle.

– Et cette médaille, c'est quoi ? a-t-il interrogé, guettant la moindre faille.

– Je l'ai eue à Douaumont. Quand on a libéré le fort, en octobre. Si vous ne me croyez pas, la copie du diplôme est à la fin du livret.

Le grand maigre s'est empressé de vérifier tandis que son collègue sifflait entre ses dents, impressionné :

– Tsss ! Douaumont… C'est pas rien !

– Ça m'explique pas ce que tu fabriques là, s'est obstiné Bec-de-chouette.

– J'étais venu marcher au grand air, j'ai menti. Prendre des forces. C'est important avant de repartir là-bas. Parce que la guerre, c'est cette année qu'on la gagne, n'est-ce pas ? »

Ajoutée à la médaille, cette manifestation de patriotisme a produit son petit effet. Que pouvait-on reprocher à un héros à la fois si décoré et si déterminé ? Après quelques hésitations, les gendarmes ont pris leur décision : le rondouillard redescendrait avec moi pour appeler un taxi tandis que Bec-de-chouette veillerait sur Jeanne. Et c'est ainsi que nous nous sommes séparés, elle et moi, à la porte de la chapelle, en nous serrant la main un peu gauchement. Ce que nous ne savions pas encore, c'est que nous n'aurions plus l'occasion de nous revoir à Fréjus ou à Saint-Raphaël…

– Quoi ? sursauta Alma.

– Comme je te le dis : notre printemps sur la Côte d'Azur s'est achevé ce jour-là : au lendemain de notre mariage et entre deux gendarmes.

– Mais… c'est impossible ! Il s'est passé quoi ?

– Jeanne a été renvoyée à Reims.

– À Reims ? Je croyais qu'il y avait des bombardements !

– C'était sa punition. Pour ne pas avoir obéi à ses parents. Pour être tombée amoureuse d'un Noir.

– Les gendarmes ont vendu la mèche, c'est ça ?

– Même pas, soupira Bakary. Ils l'ont laissée rentrer seule au Lion d'Or et personne n'a plus entendu parler d'eux.

– Alors qui ?

– Tu le demandes ? Mogette, bien sûr !

– Mogette ? s'étonna Alma. Vous ne vous étiez pas débrouillés pour qu'il ne vous voie pas ensemble ?

– Ça n'a pas suffi. Quelques jours après notre

« mariage », le père de Jeanne est arrivé. Il a organisé sa fête d'anniversaire en conviant de nombreux autres officiers, dont ce jeune Mogette qui avait si brillamment repris la cote 317 avec ses Sénégalais. Ironie de l'histoire, à nouveau : en lui offrant son heure de gloire, j'ai précipité mon propre malheur. Car si nous avions été discrets à Saint-Raphaël, nous avions oublié un léger détail : le colis que m'avait expédié Jeanne, avec son portrait à l'intérieur. Or, le lieutenant, lui, n'avait rien oublié... Lorsqu'il a croisé la fille du colonel Colbert à cette soirée, il a reconnu la jeune beauté de la photo. Et l'a félicitée devant tous les invités pour son engagement auprès des tirailleurs africains. Ou du moins, auprès de l'un d'entre eux... Il ne s'agissait pas de la complimenter, tu t'en doutes, mais de la mettre dans l'embarras. Elle m'a décrit la scène par la suite, dans la lettre qu'elle m'a postée avant son départ. Sur le coup, sa mère a eu un léger hoquet et son père a blêmi. L'air de rien, ils se sont renseignés sur ce bienheureux soldat, son unité et son casernement. Puis, sur le même ton badin, ils ont changé de sujet. Sauf que le lendemain, une fois les verres essuyés et la musique évanouie, ils ont eu une conversation serrée avec leur fille. Qui a d'abord protesté de son innocence, avant d'admettre qu'elle connaissait bien un Bakary Sakoro. Et qu'elle lui avait effectivement adressé un colis contenant des friandises, un livre de français et une photographie. *Sa* photographie. Les parents avaient beau être vieux jeu, ils n'étaient pas stupides... À force de la pousser dans ses retranchements, ils ont obtenu ce qu'ils désiraient, ou plutôt, ce qu'ils redoutaient : la vérité. Jeanne s'est énervée et leur a raconté comment je l'avais sauvée l'année précédente des griffes de Gilbert, l'ivrogne. Combien j'étais courageux, intelligent et travailleur et combien l'aide de camp de son père, tout polytechnicien qu'il était, ne m'arrivait pas à la cheville. À quel point aussi elle était résolue à faire sa vie avec moi. Bref, elle leur a avoué qu'elle m'aimait... Et à chaque qualité nouvelle qu'elle m'attribuait, elle voyait l'exaspération de ses parents monter d'un cran. Jusqu'à ce que le colonel la gifle et la consigne dans sa chambre. Deux jours plus tard, M. et Mme Colbert prenaient la décision de ramener leur fille à Reims.

– Tout ça à cause de Mogette !

– Il n'avait aucune idée des conséquences réelles de son acte, remarqua Bakary, et je me suis bien gardé de lui en faire le compte rendu. Mais quand il m'a annoncé qu'il avait croisé ma « marraine » à l'anniversaire du colonel Colbert, il avait un sourire jusqu'aux oreilles.

– Que ses entrailles à lui aussi pourrissent ! pesta Alma

Bakary la prit au mot :

– C'est ce qui s'est produit, figure-toi. Bien plus tard, en 1925, un de mes compagnons d'armes m'a rapporté qu'on avait découvert son corps dans le désert marocain. Tué par la balle d'un rebelle et desséché au soleil… Nous étions en opération à une centaine de kilomètres de là et j'ai même hésité à aller me recueillir sur sa tombe. Honorer un ennemi, c'est aussi accepter ce qu'on est devenu. Grâce à lui ou contre lui…

– « En opération » ? répéta Alma. Ça signifie qu'en 1925, sept ans après la guerre vous étiez toujours militaire ?

Le vieil homme opina :

– Je n'avais aucune autre qualification et il fallait bien que je subvienne aux besoins de ma famille. C'était toujours mieux que de servir de domestique dans une maison bourgeoise. À cette époque, je m'étais engagé dans la légion étrangère espagnole, car je ne voulais plus servir le drapeau français. Les Mogette et autres Colbert m'en avaient dégoûté. Mais en 1925, Français et Espagnols se sont retrouvés côte à côte pour se battre au Maroc. Voilà comment j'ai su pour le lieutenant. Qui, entre-temps, était devenu capitaine et s'apprêtait à passer commandant. Une carrière remarquable. Sauf que la mort, elle, se moque pas mal de l'ambition.

Alma n'en revenait pas : Bakary parvenait chaque fois à sortir un nouveau lapin de son chapeau...

– Vous avez appartenu à la légion ? fit-elle, incrédule.

– La légion étrangère espagnole, oui. Où pouvaient s'engager des hommes de n'importe quelle nationalité.

– Autrement dit, vous avez été légionnaire !

– C'est... c'est exact, admit-il. Mais je ne vois pas...

– « Le légionnaire et le Poilu », l'interrompit-elle. Je le tiens, mon devoir ! Que ça plaise ou non à M. Pilar, mon devoir, c'est vous !

18

13 octobre, 16 h 29

Désormais, Alma souhaitait tout savoir. Il y allait de son travail pour M. Pilar, bien sûr, mais pas seulement : puisque ce fameux livre sur Bakary n'avait jamais vu le jour, c'était à elle de raconter son histoire. Cette punition stupide s'annonçait finalement moins assommante qu'elle en avait l'air…

– Alors vous êtes reparti vers le nord ? l'incita-t-elle à poursuivre.

– La mort dans l'âme, oui. Et cette année 1917 n'a pas été meilleure que la précédente. Pire, même, à bien des égards. Car pour notre retour dans les tranchées, on nous a expédiés directement au Chemin des Dames. Les cerveaux de l'état-major venaient d'imaginer une attaque décisive dans la région de l'Aisne. Un million d'hommes, des avions, des chars, lancés sur trente kilomètres de front, dans le but de percer les défenses de l'adversaire. L'offensive ultime, soi-disant. Une de plus... À ceci près que rien n'a marché comme prévu. À commencer par le temps de cette mi-avril, un froid polaire, qui nous a gelés sur place. Et puis cette pluie mêlée de neige qui transformait chaque foulée en chemin de croix, comme si nous traversions des sables mouvants. La visibilité était si faible que les tirs d'artillerie des jours précédents n'avaient rien entamé des positions allemandes. Leurs troupes campaient toujours en hauteur, sur une ligne de crête quasiment inexpugnable... Ils avaient en outre truffé les carrières de mitrailleuses qui fauchaient net tous ceux qui s'en approchaient. Et je ne te parle pas de leur réseau de tunnels qui leur permettait de se déplacer à couvert et de nous harceler à leur guise. Voilà ce que nous devions affronter, un interminable serpent de roche et de boue, qui crachait la mort sur des kilomètres de long. Et encore fallait-il avancer au pas de charge, car dans leur infinie sagesse, nos chefs avaient ordonné une progression d'un kilomètre par demi-heure. Ce qui, vu l'état du terrain et la puissance de feu adverse, était simplement suicidaire.

– Alors vous avez fait comment ?

– Nous n'avions pas vraiment le choix : nous sommes allés nous faire trouer la peau, comme les autres. Et peut-être plus que les autres, car jamais il n'y avait eu une telle concentration de tirailleurs. Quitte à jouer gros, nos stratèges préféraient miser et perdre des troupes coloniales… Très vite, en tout cas, l'offensive a viré au fiasco : nous étions englués au pied du plateau, transis et écrasés par une grêle de métal. À un moment, alors que nous venions de déloger une batterie dans une cuvette, un détachement allemand a surgi derrière nous, armé de fusils et de lance-flammes. Ils sortaient par dizaines de la « caverne du dragon », une grotte à flanc de coteau reliée à une forteresse souterraine. En jaillissant dans notre dos, ils ont semé l'effroi : le bataillon s'est disloqué et beaucoup de nos gars sont partis dans tous les sens, s'exposant plus encore. Avec Goliath et une poignée de camarades, nous sommes parvenus *in extremis* à rebrousser chemin en forçant le passage. C'est ce qui nous a sauvés… Assez vite nos ennemis ont lancé une contre-attaque qui a balayé tous ceux qui se trouvaient en avant. Nous-mêmes n'avons dû notre salut qu'à un cratère de boue à moitié rempli de cadavres, dans lequel nous nous sommes terrés trente heures durant. Sans boire, sans manger, sans bouger. Le froid m'a pris l'un de mes orteils, mais d'autres y ont laissé le pied entier… Au bout du deuxième jour, enfin, des renforts sont arrivés et ont réussi à nous dégager. Entre-temps, l'état-major avait préféré suspendre l'offensive, vu son bilan catastrophique. Notamment en ce qui concernait les tirailleurs… Pour la première fois, on a même accusé le chef de la Force noire, le général Mangin, de sacrifier inutilement « ses nègres ». C'est te dire si nos pertes étaient considérables !

– Et malgré tout, ça ne vous poussait pas à la révolte ? tenta de comprendre Alma.

– Cette affaire du Chemin des Dames a déclenché une série de mutineries, reconnut Bakary. Les Poilus en avaient assez d'être traités comme de la chair à canon dont on farcissait à grosses tranches les champs de bataille. Ils refusaient de monter en première ligne, désertaient pour certains et faisaient même le coup de poing avec leurs officiers. Mais pour l'essentiel, les tirailleurs sont restés plutôt calmes. Il y a eu quelques mouvements d'humeur dans notre régiment, guère plus. Sans doute parce que nous avions l'habitude d'être tenus à l'écart et que nous manquions d'organisation. Il nous aurait fallu des meneurs.

– Et pourquoi pas vous ?

– J'avais dix-neuf ans ! se récria Bakary. Je n'entendais rien à la politique et je n'étais préoccupé que d'une chose : revoir Jeanne. J'aurais fait un piètre révolutionnaire !

– L'Intellectuel, alors ?

– Lassana avait les qualités requises, sauf qu'en moins de deux jours, il aurait croupi en prison. Qui plus est, sa mutation à l'arrière lui avait permis de croiser Blaise Diagne, le seul député noir du Parlement. Lors d'une visite aux bataillons d'étape, Diagne avait été séduit par sa vivacité d'esprit et il l'avait embauché dans son équipe. L'Intellectuel venait de gravir le premier échelon de sa carrière...

– Tandis que vous, vous retourniez au casse-pipe en disant merci ? C'était pourtant le moment ou jamais !

– Peut-être, biaisa Bakary. Même si pour être tout à fait franc, après les mises en cause du mois d'avril, le gouvernement a choisi de nous ménager. Les tirailleurs n'étaient plus engagés aussi massivement, mais dilués par petits groupes dans des unités blanches auxquelles ils servaient d'appui. Le ministère ne tenait pas à ce qu'on répète partout que la République était le bourreau de ses colonies ! Ça ne nous a pas empêchés de nous battre, hein, attention... Pendant les mois qui ont suivi, nous avons participé à la reconquête de positions stratégiques sur le Chemin des Dames. Mais nous étions exposés moins systématiquement. Quant à notre offensive générale, l'effet de surprise était passé, et si les Allemands ont fini par reculer, nous n'avons jamais pu rompre leurs lignes.

Il esquissa un demi-sourire avant d'ajouter :

– Je parle d'un effet de surprise manqué, mais ce n'était pas le cas pour tout le monde. Pour moi, notamment. Au cours de cet automne, j'ai eu la stupeur de croiser quelqu'un que je n'aurais jamais imaginé voir au fond d'une tranchée. Il ne m'a fallu que deux secondes pour le reconnaître.

Alma ne mit pas longtemps à deviner :

– Malinko Malinké ? suggéra-t-elle.

Bakary la gratifia d'une moue admirative.

– Tu n'auras bientôt plus besoin de moi pour raconter cette histoire !

– Ça n'explique pas ce qu'il fabriquait sur le Chemin des Dames…

– Lui-même n'était pas très pressé de nous éclairer, indiqua le vieil homme. En vérité, il était surtout terrifié : il tenait mal son fusil, répondait par monosyllabes et sursautait à chaque détonation. Son regard vide et sa mine défaite ôtaient même toute envie de lui infliger la correction qu'il aurait méritée. Une erreur regrettable, à la réflexion… J'ai interrogé deux autres soldats arrivés avec lui dans notre unité, mais ils n'en savaient pas davantage. Le brassage des tirailleurs après les événements d'avril brouillait les pistes. Et puis enfin, au bout de trois jours durant lesquels je ne l'ai pas lâché d'une semelle, Malinko a fini par se livrer. Par bribes. Après sa fuite de Ségou, il s'était réfugié à Bamako où il espérait repartir de zéro. Il était instruit, débrouillard, tout ce qu'il fallait pour monter sa propre affaire. Mais pour cela, il avait besoin d'une mise de départ. Il avait emporté avec lui un stock des fameuses amulettes et il s'est dit que ce qui avait marché une fois pourrait marcher deux… Du coup, il s'est rapproché des jeunes volontaires de la caserne. La promesse d'invincibilité de Force noire a fait son œuvre et il s'est bientôt constitué une jolie cagnotte. Sauf qu'il ne bénéficiait pas là-bas des appuis qu'il avait à Ségou. Son petit trafic a été découvert et les autorités militaires l'ont arrêté. En remontant le fil, elles ont appris qu'il avait aussi sévi dans le district voisin et que beaucoup de gens rêvaient de le voir sous les verrous. Un matin, elles lui ont mis le marché entre les mains : la prison pour dix ans ou l'engagement sous les drapeaux. Malinko Malinké a préféré l'uniforme de soldat à celui de détenu et il a été expédié sur le front. Sans entraînement préalable et avec des consignes de sévérité. D'où son affectation sur le Chemin des Dames… Ce qui, quoi qu'il ait fait auparavant, était injuste.

– Ah non, s'insurgea Alma, vous n'allez pas le défendre ?

– Je ne le défends pas, je n'ai jamais aimé l'idée qu'on jette un homme désarmé au milieu d'une bataille. Autant l'envoyer de suite devant le peloton d'exécution.

– Attendez… fit Alma, soupçonneuse. Ne me dites pas qu'en plus vous avez joué les nounous ?

– Cette bonne vieille ironie de l'histoire, Alma ! Comme la nouvelle recrue n'était pas fiable et que je semblais la connaître, le chef de la division m'a chargé de l'encadrer. De devenir son ange gardien, en quelque sorte.

– Quelle blague ! s'emporta la jeune fille. Lui, comme Mogette, ils avaient le diable dans la peau, point final ! Et vous, malgré tout, vous n'avez pas arrêté d'être gentil… Ils ont ruiné votre vie, Bakary !

– Justement, rétorqua-t-il, il était hors de question que je devienne comme eux. Égoïste, vicieux, sans scrupule… Ou bien leur triomphe aurait été total, tu ne crois pas ?

Alma faillit monter sur ses grands chevaux en décrétant que ce genre de raisonnement était ridicule, qu'il s'agissait avant tout d'une forme de lâcheté et que Bakary ne devait pas s'étonner ensuite de la manière dont les gens le traitaient. Puis elle surprit à nouveau cette lueur de bonté tranquille dans son regard et sa colère s'évanouit d'un coup. Il avait raison, évidemment, très au-delà de ses certitudes à elle… Au soir de son existence, qui d'autre que lui, en effet, pouvait en connaître le prix ?

– Résultat ? lâcha-t-elle, plus conciliante.

– Résultat, Malinko Malinké a fait ce qu'il faisait le mieux.

– C'est-à-dire ?

– Du Malinko Malinké.

19

13 octobre, 16 h 41

– Ça s'est passé peut-être un mois après son incorporation dans notre unité, exposa Bakary. Nous avions essuyé une série de revers car les Allemands voulaient à tout prix nous empêcher d'approcher les points hauts qui leur servaient d'observatoires sur le Chemin des Dames. Chaque fois que nous envoyions un détachement, ils nous en opposaient deux… La ligne de front ne cessait d'aller et venir et, faute de pouvoir enterrer les morts, nous avancions au milieu des camarades tombés quelques jours plus tôt, dont les visages et les expressions nous laissaient entrevoir notre propre destinée. Tu imagines l'effet produit sur un novice apeuré, dans le vacarme des balles et les cris des blessés… Malinko Malinké vivait donc des moments difficiles, se lamentant toute la journée et marmonnant des choses incompréhensibles. Il en était à ce stade où il devait se battre à la fois contre ceux d'en face et contre lui-même : il refusait sa situation de toutes ses forces et se croyait incapable de l'affronter.

– Bien fait ! se félicita Alma.

– S'il avait été le seul à éprouver ce genre de tourments, je me rangerais peut-être à ton avis. Hélas, c'était loin d'être le cas. La guerre rend les hommes fragiles et misérables… Quoi qu'il en soit, à la fin du mois d'octobre, l'état-major avait décidé d'en finir en reprenant le fort de la Malmaison qui verrouillait le chemin des crêtes. La bataille s'annonçait homérique, avec la plus formidable préparation d'artillerie jamais vue et l'emploi de nouveaux chars plus efficaces. À quatre jours de son coup d'envoi, Malinko et moi avions été dépêchés dans un secteur un peu à l'écart, pour surveiller l'activité de l'ennemi. Il s'agissait d'un cimetière improvisé où nous avions inhumé une dizaine des nôtres au printemps, à la faveur d'une trêve. Des tombes simples, avec quelques branches en guise de stèle et, pour chacun, une bouteille avec un papier contenant le nom et la division d'origine. L'endroit avait été récupéré ensuite par les Allemands et la succession des bombardements avait bouleversé les sépultures : le calcaire, les branchages, les os, tout était mêlé, concassé, comme si le minéral, le végétal et l'humain s'étaient dissous dans le néant primordial. Nous étions de guet pour l'après-midi, cherchant à localiser à la jumelle les tireurs qui visaient nos lignes, lorsque Malinko s'est mis à ruminer dans sa barbe. Une phrase, toujours la même, qu'il m'a fallu un certain temps pour décrypter :

«Tout est de ta faute… Tout est de ta faute… Tout est de ta faute…

– De quoi tu te plains encore ? j'ai demandé.

– Tout est de ta faute, a-t-il répété.

– Tu te fais des reproches à toi-même ? Il est bien temps !

Ma remarque n'a pas dû lui plaire car il est devenu enragé :

– Tout est de ta faute à toi, Bakary Sakoro, a-t-il éructé. Toi et ta hyène de malheur. C'est là que tout a commencé ! Je ne voulais pas Djenly, moi, je voulais Salimata. Et c'est par ta faute qu'elle est morte ! C'est pour ça que j'ai dû partir à Ségou ! Et que tout s'est enchaîné !

Il déversait le trop-plein de sa haine… Dans d'autres circonstances, je me serais contenté de hausser les épaules, mais il a sorti brusquement un pistolet de sa poche. Une arme allemande, un Parabellum, qu'il a pointé sur moi de la main gauche.

– Hé ! j'ai protesté, qu'est-ce que tu…

– Tu vois comme la roue tourne, a-t-il ricané, les yeux exorbités. Comme on peut être tout en haut un jour et tout en bas le lendemain ! C'est ça qui m'est arrivé, Bakary, et par ta faute. Par la faute de ta famille de sorciers. De ton frère et de ta mère qui ont causé la chute de M'Butu et qui ont précipité la mienne !

J'aurais pu lui opposer qu'il délirait, qu'il était le seul responsable de ses problèmes, mais dans l'état où il se trouvait, il n'était accessible à aucune forme de raisonnement. Il avait seulement besoin d'un coupable.

– Où tu as déniché ce pistolet, Malinko ? j'ai tenté. C'est interdit d'utiliser le matériel de l'ennemi.

– Évidemment ! il s'est esclaffé. La seule chose autorisée, c'est de crever ! Pareil pour les gars d'en face, qui pourrissent avec leurs joujoux inutiles à la ceinture. Inutiles parce qu'ils ne s'en sont pas servis comme il fallait, qui sait... Peut-être que si on veut se débarrasser définitivement de l'ennemi...

Je voyais son poignet trembler et l'œil borgne du canon décrire des mouvements inquiétants sous mon nez.

– Si tu fais ça, on te collera au poteau direct.

– Tu oublies un détail, monsieur Toujours-mieux-que-les-autres, il a riposté. C'est une balle allemande qu'il y a à l'intérieur. Tu me suis ? Et d'après toi, qui est-ce qui tire des balles allemandes ?

J'ai réalisé alors que dans sa folie, Malinko Malinké n'était pas si fou que ça. J'ai estimé le temps qu'il me faudrait pour m'emparer de mon arme, mais à cette distance, à moins d'être frappé par la foudre, il ne risquait pas de me louper. Ce que je saisissais mal, c'est pourquoi il continuait à brandir le Parabellum de la main gauche. De quoi me laisser malgré tout une minuscule chance...

– Ça y est ? il s'est moqué. Tu commences à comprendre ?

J'ai jeté un œil vers nos sentinelles les plus proches : à cinquante mètres de là, concentrées sur l'ennemi, elles ne se doutaient de rien. Il n'y avait que moi pour me sauver… Plutôt que d'être abattu comme un chien, j'ai donc plongé au sol en attrapant mon fusil et en roulant de côté. Malinko a dû être surpris car il n'a pas réagi tout de suite. J'ai senti le talus contre mon épaule, bloqué mon mouvement avec ma jambe et je l'ai mis en joue. J'étais sur le point de faire feu, quand un détail m'a arrêté : Malinko venait de retourner le Parabellum contre sa main droite, celle où il tenait ses jumelles. Après une ou deux secondes d'hésitation, il a pressé la détente. Blam ! Son hurlement a étouffé l'écho de la détonation et il est tombé à genoux, les traits déformés par la douleur. Le sang giclait de ses doigts, ce qui ne l'a pas empêché, dans un sursaut inouï, de balancer son pistolet au fond du cimetière. Après quoi il a frotté sa main valide dans sa poche, sans cesser de gémir. Nos camarades de la patrouille voisine ont accouru sur ces entrefaites et, entre deux râles, Malinko a bafouillé qu'un tireur allemand l'avait pris pour cible. On a appelé l'infirmier mobile qui n'a pas mis longtemps à nous rejoindre. Et c'est là, tandis qu'on lui prodiguait les premiers soins, que Malinko s'est évanoui. »

– Il… il s'est volontairement tiré une balle dans la main ? douta Alma. Au lieu de vous viser, vous ?

– En fait, il n'avait jamais eu l'intention de me tuer, affirma Bakary. Il y aurait eu forcément une enquête et, vu l'angle de tir et ma position derrière le monticule, il aurait été démasqué. Non, ce qu'il voulait, c'était se blesser suffisamment pour ne plus avoir à retourner en première ligne. Et pour cela, il avait besoin de moi.

– Je comprends de moins en moins, objecta Alma, sourcils froncés.

– Il n'était pas le seul à avoir employé ce genre de stratagème pour être démobilisé, précisa Bakary. Régulièrement, on entendait parler de Poilus qui s'étaient mutilés eux-mêmes pour échapper au front. Mieux valait une balle dans la cuisse qu'une balle dans la tête…

– Dans ce cas, Malinko Malinké aurait été mieux inspiré de faire ça dans son coin !

– Justement, non. Ces pratiques se développant, les officiers comme les médecins étaient devenus très pointilleux. Chaque cas suspect était examiné à la loupe, notamment si le soldat se trouvait seul au moment de « l'accident ». Et si la simulation était avérée, les conséquences étaient terribles : cour martiale et peine capitale. Dans certains bataillons, après l'exécution de la sentence, tous les hommes devaient défiler devant la dépouille du condamné pour s'assurer qu'ils retiennent la leçon. Il y a eu aussi des rumeurs de types ligotés à des arbres en plein champ de bataille et livrés au feu de l'ennemi. Peu de soldats pleuraient ces gars-là car ils étaient considérés comme des lâcheurs et des traîtres. Ils sauvaient leur peau au détriment de la nôtre…

– C'était donc d'autant plus stupide de faire ça devant vous ! s'entêta Alma. Vous aviez plus de raisons que n'importe qui de lui en vouloir !

Bakary déglutit comme s'il avait la bouche sèche et se passa brièvement la langue sur les lèvres.

– Au-delà de ses défauts, Malinko était un garçon intelligent, rappela-t-il. Il avait préparé sa mise en scène avec soin : un pistolet allemand si des fois on retrouvait le projectile et une blessure aux doigts qui lui interdirait à jamais de se servir d'un fusil. En même temps, il avait choisi de tirer de la main gauche, ce qui brouillait les cartes. D'autant que sa paire de jumelles elle aussi avait été brisée… En d'autres termes, il pouvait très bien avoir été surpris à son poste d'observation ! Précaution supplémentaire, il avait emporté un morceau de savon dans sa poche et il s'était frotté la paume avec. L'objectif était d'effacer les traces de poudre sur sa main intacte : c'est ce détail, souvent, qui permettait de confondre les simulateurs. Quant au seul témoin de cette triste scène, il le connaissait mieux que personne. Il savait pertinemment que j'y réfléchirais à deux fois avant de l'envoyer à une mort programmée. Nous venions du même monde, nous avions partagé les mêmes jeux, nous n'ignorions, ni l'un ni l'autre, que s'il était reconnu coupable, la honte rejaillirait sur l'ensemble du village. Bref, il était convaincu que je ne le dénoncerais pas.

– Et... ? interrogea Alma qui avait déjà sa petite idée.

– La veille de mon audition par le médecin et le capitaine chargés du rapport, je suis allé lui rendre visite à l'infirmerie. Il m'attendait avec un sourire satisfait, sûr de son fait.

« Tu viens me souhaiter bon voyage ? il m'a lancé. Tu veux que je salue quelqu'un pour toi au pays ?

– Précisément, j'ai répliqué. Djenly, s'il te plaît.

Il a hoché négativement la tête :

– Désolé, Bakary, mais Djenly appartient à mon passé. Cette blessure m'a ouvert les yeux, il faut que je change de vie.

– Avec douze balles dans la poitrine, j'ai ironisé, tu risques effectivement de changer de vie. Définitivement.

Il s'est redressé sur son oreiller, tout à coup moins confiant :

– Ça signifie quoi, Bakary ? il s'est inquiété.

– Ça signifie que je vais dire la vérité aux membres de la commission, j'ai répondu. Au fait, on t'a dit que j'avais récupéré le Parabellum ?

Ses traits se sont décomposés et une mauvaise sueur a perlé sur son front.

– Tu… tu ne ferais pas ça ? a-t-il bredouillé. Pas à un fils de Farako… Ou bien tu veux quelque chose ? De l'argent ? J'en ai encore à Bamako, figure-toi, je pourrais le faire parvenir à ta famille…

Je me suis retenu de le gifler. Peut-être ne méritait-il pas qu'on le sauve, en effet. Mais il n'était pas le seul en cause : il y avait Djenly. Et puis l'enfant à venir. J'ai pris le papier que j'avais préparé dans ma vareuse et je l'ai déplié devant lui.

– Tu vas me signer ça, j'ai ordonné. Avec ou sans doigt. Sinon, dans une heure, ils sauront tout. Tâche seulement d'être lisible.

Il a lu les quelques lignes que je venais juste de rédiger : *"Je soussigné Malinko Malinké, reconnais m'être volontairement tiré une balle dans la main droite le 20 octobre 1917, pour ne pas avoir à rester en première ligne."*

Une déclaration simple et sans ambiguïté.

– Ce genre de papier, intervint Alma, ça avait vraiment de la valeur ?

– L'important était qu'il s'en convainque, s'amusa Bakary. Après tout, c'était bien à mon tour de le mener en bateau, non ? Cela dit, il y avait encore la deuxième partie du marché qu'il devait accepter :

« Une fois de retour chez nous, j'ai ajouté, tu vas filer reprendre Djenly. Avec le bébé. Mais attention, Malinko, ne t'avise pas de me mentir : si j'apprends un jour que tu as manqué à ta promesse, peu importe où, peu importe quand, je viendrai en personne te la rappeler. Et cette fois, crois-moi, il n'y aura pas besoin de peloton d'exécution. »

Mon air devait être terrifiant, car il ne s'est pas fait prier pour signer.

– Excellent ! se réjouit Alma. Vous avez maté Malinko Malinké !

– C'était plutôt une bonne période, approuva le vieil homme. Figure-toi que le surlendemain, nous avons même repris le fort de la Malmaison !

20

13 octobre, 16 h 54

Alma remonta son col roulé : elle avait maintenant un peu froid.

– Et avec tout ça, s'enquit-elle, est-ce que Malinko Malinké a tenu sa parole ?

Bakary opina :

– Quelques mois après que la commission l'a eu innocenté, j'ai reçu des nouvelles du pays. Mon frère me faisait savoir que Djenly avait rejoint Malinko à Dakar où il s'était installé. Je ne sais pas s'ils ont été heureux ensemble, mais au moins, elle avait un toit pour son enfant. Beaucoup plus tard, je suis rentré chez moi à mon tour. C'était en 1927, après la campagne du Maroc. J'en avais assez de faire la guerre et je voulais retrouver les miens. Grâce à Dieu, toute ma famille allait bien et j'ai pu goûter de nouveau au plaisir d'être l'un des leurs. Puis, comme il fallait bien gagner sa vie, j'ai ouvert une école à Bamako. Mes compatriotes étaient de plus en plus nombreux à avoir besoin de parler français et je ne m'y entendais pas trop mal pour l'enseigner. J'avais eu le meilleur des professeurs, il faut dire... J'écrivais aussi leurs courriers, je m'occupais des papiers administratifs, je les aidais à accomplir diverses démarches... Quelque chose à mi-chemin entre l'écrivain public et l'instituteur.

– Vous avez été instituteur ! s'enflamma Alma. J'aurais adoré vous avoir.

– Tu aurais peut-être déchanté : après dix ans d'armée, j'avais la réputation d'être sévère ! Bref, durant cette période, je suis allé à Dakar à plusieurs reprises. Chercher des livres de classe ou accompagner des commerçants qui réceptionnaient de grosses livraisons au port. Lorsque cela se produisait, je m'arrangeais pour aller jeter un œil à la maison de Malinko Malinké. Son affaire immobilière avait l'air de prospérer... J'ai même réussi à apercevoir Djenly : avec un garçon d'une quinzaine d'années, une première fois, et avec une fillette de sept ou huit ans, la deuxième. Je les ai observés de loin en me disant que ces enfants auraient pu être les miens. Je ne voulais surtout pas me montrer. L'essentiel était qu'ils aillent bien.

– Mais ça veut dire… réfléchit tout haut Alma. La légion étrangère, le Maroc, Bamako… Et Jeanne, pendant ce temps ?

– Jeanne ? fit-il avec un drôle de sourire. J'étais constamment avec elle. Mais en pensée, seulement. Sais-tu que lorsque j'ai compris que je ne la reverrais pas à Saint-Raphaël, j'ai commencé à rêver en français ? C'était une curieuse impression, comme si je basculais dans un autre univers. Comme si mon cerveau avait trouvé cette parade pour m'interdire tout retour en arrière. Ce serait Jeanne, à jamais.

Alma réprima la pointe d'émotion qu'elle sentait monter en réajustant la couverture qui lui servait de coussin.

– Vous… vous ne l'avez pas revue, vraiment ?

– C'est l'une des premières choses que j'ai essayé de faire, bien sûr. Juste après les lettres. Elle m'avait donné son adresse à Reims et je lui ai écrit chaque jour. Pour lui raconter ma pauvre existence de Poilu et lui parler de nous. Sans obtenir la moindre nouvelle en retour. Jusqu'à ce courrier de septembre 1917, à peu près au moment où Malinko réapparaissait lui aussi. Elle s'excusait de ne pas avoir pu me répondre avant car Mme Colbert surveillait étroitement ses allées et venues. Elle précisait en outre qu'elle avait déniché la cachette où sa mère rangeait ma correspondance pour la faire lire à son mari. Que je devais donc continuer comme si de rien n'était... Qu'une vieille voisine compatissante avait aussi accepté de poster ce courrier et qu'elle comptait avoir recours à l'avenir à ses services. Qu'elle m'aimait, surtout, pour la vie et plus encore.

– Ça a dû vous réconforter, non? supposa Alma, la gorge nouée.

– Ça a décuplé ma volonté de la rejoindre, tu t'en doutes. Notre cantonnement sur le Chemin des Dames ne se situait qu'à cinquante kilomètres de Reims et, après la victoire de la Malmaison, nous avons eu deux jours de liberté. J'ai aussitôt sauté dans un train et je me suis rendu dans la ville où tant de rois français avaient été sacrés. Il y avait souvent des articles sur Reims dans les journaux, car cette ville incarnait la résistance de tout un peuple : une cité à l'histoire glorieuse, écrasée sous les bombes, où de courageux Français continuaient à vivre comme si de rien n'était. Un pied de nez à la barbarie ennemie, en quelque sorte. Et je dois avouer qu'en sortant de la gare, le spectacle était saisissant. J'avais traversé des villages en ruine, vu des hameaux rasés, mais une ville de cette importance, où tant de façades ne semblaient tenir qu'à un fil, où tant de bâtiments posaient sur vous leurs yeux crevés… Et ces montagnes de gravats, ce sol dépavé, cette cathédrale outragée que les flammes de l'enfer n'avaient pas fini de brûler, attendant le prochain bombardement pour lui porter le coup de grâce… Voilà qui donnait la mesure de la folie de l'homme : détruire ce que l'homme avait fait de plus beau.

Bakary s'interrompit, songeur, avant de reprendre un ton plus bas son récit :

– J'avais l'adresse de Jeanne, je n'ai eu aucun mal à localiser l'endroit. Le quartier semblait relativement épargné, même si plusieurs immeubles avaient la toiture abîmée. Ce n'était pas le cas de celui des Colbert et j'ai eu le soulagement de voir leur nom encore inscrit sur la boîte aux lettres. J'ai collé mon oreille à la porte : tout était silencieux. J'ai donc supposé qu'ils étaient sortis… Pendant la journée, j'ai fait des allers et retours entre son domicile et ce théâtre fantomatique qu'était devenu le centre-ville. Contrairement à ce que racontaient les journaux, il n'y avait plus grand monde dans les rues, ce qui restait de vie se terrant dans les sous-sols : de grandes pancartes signalaient des abris qui avaient servi de dortoirs ou d'écoles, mais à la fin de l'année 1917, ils n'étaient plus guère fréquentés. La majorité des gens avait fui. On entendait la canonnade au loin et, à cinq reprises au moins, des marmites ont explosé au nord de la ville. À intervalle régulier, je retournais devant chez Jeanne, me plantant sur le trottoir en espérant l'apercevoir derrière l'une des fenêtres. En vain… Alors que le jour déclinait, j'ai pris mon courage à deux mains et je suis allé frapper chez elle. Sans plus de résultat. J'étais sur le point de renoncer lorsqu'une porte a grincé dans mon dos. Une vieille femme, emmitouflée dans plusieurs épaisseurs de laine et qui tenait une bougie à la main :

« C'est vous, je parie ? m'a-t-elle lancé, sans autre forme de procès.

– Pardon ? j'ai répondu.

– L'amoureux de la petite… Je comprends mieux !

J'étais si surpris que je n'ai pas su quoi répondre.

– Je vous ai vu tourner autour de l'immeuble depuis ce matin, elle a ajouté. Vous vouliez voir Jeanne, n'est-ce pas ?

Je n'ai pu que hocher la tête tandis qu'elle enchaînait :

« – C'est pour ça que Mme Colbert l'a ramenée ici, a-t-elle continué, pour l'avoir à l'œil. Pour ça qu'elle la gardait toute la journée sous clé, aussi. Elle ne voulait surtout pas qu'elle fréquente un… un Noir. Je me trompe ?

– Je… non, j'ai balbutié. Mais comment… ?

– J'aurais dû m'en douter, remarquez. Le nom sur l'enveloppe que la petite m'a donnée… Barako, ou je ne sais quoi. Un nom de là-bas, en tout cas. Mais j'ai pensé que c'était une précaution supplémentaire, que la vraie lettre était à l'intérieur, destinée à un autre brave soldat. Je ne pouvais pas m'imaginer…

Elle a gloussé devant ma mine déconfite.

« – Ne le prenez pas mal, a-t-elle tenté de s'excuser. Dans votre pays à vous, je suis sûre que ce serait pareil. Une Noire qui choisirait un Blanc, ça ne réjouirait pas la famille. J'ai tort ? Parce que quelle que soit la couleur de sa peau, c'est toujours celle-là qu'on préfère, non ?

À nouveau, j'ai dû lui paraître simplet, car je suis resté muet comme une carpe.

– Ça vous étonne que je vous raconte tout ça, hein ? elle s'est exclamée. Une vieille comme moi, qui n'entend rien à rien... Mais je l'aime bien, la petite Jeanne. Une gentille gosse, avec bon cœur. Je n'en dirais pas autant de Mme Colbert, bonjour-bonsoir et pas un mot de plus. Alors quand la petite est venue me trouver en cachette pour que je fasse le facteur, ma foi, j'ai accepté. Ça m'a rappelé ma jeunesse.

Après ces considérations déroutantes, j'ai quand même réussi à rassembler suffisamment mes esprits pour glisser la seule question qui m'intéressait :

– Vous... vous savez quand elle doit rentrer, Jeanne ?

– Malheureusement, a soupiré la voisine, vous les avez manquées de quelques jours. La mère et la fille ont quitté la ville la semaine dernière. Les Allemands recommencent à cogner dur et, il n'y a pas longtemps, un de leurs engins a touché l'immeuble derrière. C'est plus sage de partir, c'est sûr.

– Vous avez une idée de l'endroit où elles sont allées, alors ? j'ai insisté.

– Elles ont des cousins un peu au sud de Reims, s'est souvenue la vieille dame. Un village du côté d'Épernay, je crois. Mais je n'en sais pas davantage.

– Et de votre côté, vous restez ?

– J'irais où, mon garçon ? a-t-elle rétorqué. Ma vie est derrière moi et ce qu'il en reste est tout entier ici. C'est une chose de quitter cette terre, c'en est une autre de quitter ce qu'on aime... Vous verrez, quand vous aurez mon âge ! »

21

13 octobre, 17 h 06

– Du coup, vous vous êtes précipité à Épernay, n'est-ce pas ? fit Alma, tout à son impatience.

– Ce n'était pas si simple, tempéra Bakary. J'étais un soldat et, comme tel, soumis au bon vouloir de l'armée. J'ai eu une autre journée de libre en décembre, mais mon excursion dans la campagne rémoise n'a rien donné. Trop court… Ensuite, nous avons été rapatriés vers le sud, pour l'hivernage, et il m'a fallu attendre le printemps suivant avant d'avoir une permission suffisante. Il était temps, d'ailleurs, car j'avais le moral au plus bas : je venais d'endurer trois mois de pénitence à Fréjus, à l'endroit même où mon bonheur naissant m'avait été arraché… La rumeur des vagues, le ciel changeant, les couleurs de la montagne, les parfums, tout là-bas me ramenait à Jeanne. Ou plutôt, à son absence. Et comme si ça ne suffisait pas, c'est le moment qu'a choisi Goliath pour s'en aller.

– Pour s'en aller ?

Le vieil homme haussa les épaules, résigné.

– Durant nos dernières semaines au front, j'avais bien senti que quelque chose clochait. L'éclatement des bataillons faisait que nous étions régulièrement séparés, ce qui, vu son handicap, le mettait en danger plus que n'importe qui. Lorsque nous étions ensemble, nous n'avions pas besoin de mots pour nous comprendre, mais quand il était lâché avec des inconnus, c'était une autre affaire... Qui plus est, les combats du Chemin des Dames avaient été harassants et ces va-et-vient au milieu de nos propres morts nous avaient rendus à moitié fous. Un mois après notre retour au camp de Fréjus, nous sommes allés à Marseille, prendre des nouvelles d'Hampaté. On ne pouvait pas dire qu'il allait mieux, car la tentative pour recoudre ses chairs s'était soldée par un échec et un début d'infection. Il errait, dans ces couloirs labyrinthiques, une sorte de bavoir attaché à ce qui lui restait de menton, le regard vide. Ça nous a secoués, sans doute plus que la première fois. Comme si l'espoir avait décidé de lui tourner le dos… Le lendemain, Driss m'a pris à part, après l'exercice. Il avait les traits tirés, mais ce n'était pas à cause de l'effort physique :

« Je ne veux plus tuer personne, il a marmonné, avec son élocution si particulière. Jamais plus. »

Ensuite, il m'a exposé ce qu'il avait en tête : se plaindre au médecin de ses problèmes d'audition, en prétendant qu'ils s'étaient brusquement aggravés. La conséquence des explosions que nous subissions en permanence, probablement. Après quoi, une fois libéré, il souhaitait prendre une chambre à Marseille et aider le Siffleur du mieux qu'il pourrait. L'emmener se promener, ou bien au cinéma ou au bal, ou encore jouer au yoté ou aux cartes… Tous les jours et le temps qu'il faudrait. Puis, quand le Siffleur aurait récupéré, ils rentreraient au pays. Et je dois avouer, ajouta le vieil homme, admiratif, que c'est exactement ce qu'il a fait.

– Mince, apprécia Alma, c'était très… très noble de sa part.

– La guerre rend certes les hommes misérables, déclara Bakary, mais au fond de la misère, il y a toujours des ressources de grandeur. Ne l'oublie pas.

La jeune fille fit signe qu'elle s'en souviendrait, mais ce qui la préoccupait d'abord, c'était Jeanne.

– Vous êtes retourné à Reims, finalement ?

– Cinq jours entiers, oui. J'ai pu rencontrer de nouveau la voisine, sans qu'elle ait grand-chose de plus à me confier, hélas. Un homme venait bien chercher le courrier des Colbert deux fois par mois, mais elle ne l'avait jamais vue en ville auparavant. Et elle ne risquait pas de l'y croiser de sitôt, car avec la recrudescence des bombardements, les autorités avaient lancé un ordre d'évacuation générale. Ordre qu'elle s'était bien gardée de suivre, évidemment.

J'ai pris alors une carte, un bâton de marche et j'ai écumé la région. Dire que les gens du coin ont sauté de joie en m'apercevant serait exagéré. On m'a claqué la porte au nez, insulté, on m'a prié de décamper le fusil à la main, on m'a lâché des chiens aux trousses et j'ai même été coursé par un chat tout ce qu'il y avait de plus enragé. Un Noir qui posait des questions sur une jeune fille blanche des environs, ça éveillait les pires soupçons. Pourtant, sans le savoir, j'étais tout près du but. Le troisième jour, dans une exploitation au sud d'Épernay, j'ai discuté avec deux femmes d'une soixantaine d'années. Elles travaillaient dans leurs vignes, avec un panier et un sécateur. C'était le cœur de la production du champagne, là-bas... Elles m'ont écouté, comme peu de gens l'avaient fait auparavant, puis m'ont poliment répondu qu'elles n'étaient au courant de rien. En vérité, il s'agissait des cousines de la famille Colbert, celles chez qui Jeanne et sa mère avaient trouvé refuge.

– Non ! Et vous l'avez su comment ?

– Parce que tout finit toujours par se savoir, répondit Bakary. Mais n'allons pas trop vite... Je suis donc reparti vers le sud, plus déconfit encore et persuadé que je ne reverrais jamais Jeanne. C'était compter sans les Allemands et l'ironie de l'histoire...

– Les Allemands ? Qu'est-ce qu'ils avaient à voir avec Jeanne ?

Le vieil homme leva les bras au ciel, ce qui lui déclencha une toux rauque, qu'il parvint heureusement à enrayer. Avant de poursuivre, la voix enrouée :

– Au printemps 1918, les Allemands étaient dans l'obligation de vaincre, et rapidement.

Les États-Unis leur avaient déclaré la guerre et l'on pouvait prévoir que des troupes fraîches et du matériel tout neuf allaient bientôt débarquer en Europe. Il restait donc quelques mois à nos adversaires pour emporter la partie, faute de quoi ils seraient défaits. La bonne nouvelle pour eux était que la Russie venait de se retirer du conflit, absorbée qu'elle était par sa propre révolution. Les Allemands en avaient donc profité pour enlever leurs soldats du front de l'Est et les redéployer dans les tranchées de France. Des renforts importants qui leur permettaient d'envisager une nouvelle offensive, celle de la dernière chance... Leur plan était de s'attaquer au point le plus sensible de nos lignes : Reims. À partir du mois d'avril, la cité du sacre et du champagne a été livrée au chaos.

– Ce qui signifie que vous y êtes retourné ? supposa Alma. Et que vous avez enfin retrouvé Jeanne ?

– Malheureusement, fit Bakary, on ne m'avait pas expédié à Reims pour que je récupère ma fiancée. Et loin de Goliath et de mes deux autres compères, j'étais plus exposé que jamais. Notamment lors des premiers combats qui ont eu lieu dans les faubourgs de la ville. Les

Allemands s'étaient emparés de tous les forts voisins sauf un, celui de la Pompelle, où des jours durant, coupés de l'extérieur, nous avons dû résister à leurs assauts. Je dis *nous*, précisa-t-il, car c'est bien des tirailleurs sénégalais qu'il s'agissait. Les Fodé Diakité, les Nokoum Sidibé, les Mahmadou Diop... Contrairement aux promesses de 1917, c'est encore nous qu'on a jetés dans les mâchoires du diable. Alors nous nous sommes battus au fusil, à la baïonnette, au coupe-coupe, pour chaque fossé, chaque pan de mur, chaque caillou. Il a fallu reculer, cependant, tant la poussée des Allemands était irrésistible. Galvanisés par leur succès, ceux-ci ont décidé de contourner la ville afin de la prendre en tenaille. Après quoi, la route de Paris leur serait ouverte... Ce qui signifiait aussi que toute la Champagne était dans leur ligne de mire. Y compris Épernay et ses environs. Y compris Jeanne. J'ignorais où elle se cachait, mais j'avais désormais une bonne raison de me battre.

Des semaines qui ont suivi, continua pensivement Bakary, il me revient surtout la mêlée confuse des fusillades et des corps-à-corps. Un jour à s'arc-bouter pour défendre un promontoire, un autre à perdre le quart de l'effectif pour gagner vingt mètres. Une percée fulgurante le matin, avec son butin d'artillerie et de munitions, une déroute l'après-midi, où il fallait abandonner nos propres armes. Le tout sous la menace permanente des gaz. Car oui, il y avait aussi les gaz. On ne cessait pas de les perfectionner depuis le début de la guerre... Pour ma part, c'est à Verdun que je les ai expérimentés d'abord. Un nuage teinté de vert en suspension dans l'air qui avançait vers nous et soulevait partout le même cri : « Les gaz ! Les gaz ! » À l'époque, nous disposions essentiellement de tampons en tissu que nous nous collions sur le nez en essayant de respirer le moins possible. Puis sont venus les bombardements massifs qui répandaient leur poison en nappes entières sur les champs de bataille. Particulièrement à Reims, où les Allemands semblaient vouloir nous noyer sous les vapeurs mortelles. C'est là que j'ai attrapé ce qui me mange aujourd'hui les poumons, ajouta-t-il en se tapotant la poitrine. Même si, d'une certaine manière, je l'ai bien cherché...

Il eut un sourire énigmatique qui ne manqua pas d'intriguer Alma.

– Vous vous êtes volontairement empoisonné avec les gaz?

– Disons que j'ai été imprudent, nuança-t-il. Par vanité, sans doute. Ou par inconscience. En fait, c'est comme si j'avais cru pouvoir gagner la guerre à moi tout seul.

– Rien que ça!

– Quelle arrogance, n'est-ce pas? C'est arrivé le 14 juillet, ce qui t'explique aussi que je me sois rêvé en sauveur de la France… Notre unité avait été scindée en deux et envoyée dans une zone boisée au pied de la Montagne de Reims. Il avait plu les jours précédents et une brume tenace s'accrochait aux arbres, réduisant la visibilité d'autant. Tout à coup, il y a eu une violente fusillade vers l'ouest, à peu près à l'endroit où devait se positionner l'autre moitié de notre groupe. Nous avons commencé à faire mouvement vers eux, lorsque nous sommes tombés nez à nez avec un détachement allemand armé jusqu'aux dents. De ce que j'ai appris plus tard, ils constituaient la pointe avancée de la «Bataille pour la paix», la seconde phase de l'offensive que leurs chefs prévoyaient de déclencher le lendemain. Ces types avaient dû s'égarer et dépasser leur tableau de marche d'un bon kilomètre. L'échange de tirs a été brutal et, fort de leur nombre, ils sont parvenus à nous déborder par la droite. Et même à nous poursuivre... Certains des nôtres sont tombés, d'autres se sont égaillés dans la nature et bientôt, je me suis retrouvé seul à courir vers ce que je pensais être le reste du bataillon. C'est le moment qu'ont choisi leurs batteries à l'arrière pour bombarder le périmètre, sans se douter qu'elles prenaient au piège leurs propres hommes... Le monde a viré au cauchemar et j'ai progressé au hasard en tentant d'éviter les explosions. Au bout d'un certain temps, j'ai débouché dans une clairière où nos camarades s'étaient visiblement battus contre le même détachement. J'ai compté une dizaine de gars, face contre terre, fauchés les armes à la main. Un nouvel obus est alors tombé non loin, avec un chuintement caractéristique : les gaz... Puis un deuxième, puis un troisième. J'ai sorti précipitamment mon masque de son étui et je l'ai enfilé. Les protections avaient fait de sérieux progrès depuis 1916 : elles couvraient désormais l'ensemble du visage et comportaient une cartouche cylindrique qui filtrait les substances toxiques. Le tout était de les mettre à temps et de ne surtout pas les enlever.

Je m'apprêtais à essayer de rejoindre mes lignes lorsque j'ai vu bouger quelque chose derrière une souche. Je me suis approché avec précaution, le doigt sur la détente. Il y avait un homme à terre qui se tortillait en essayant d'attraper son masque. Un Allemand... Blessé au côté gauche, apparemment, à en juger pas la tache sombre qui maculait son uniforme. Il était chauve, la cinquantaine, avec une sorte de moustache frisottée. Deux corps étaient étendus près de lui, comme si ses camarades avaient cherché à le protéger. Il s'est tourné pour me voir, les traits déformés par la douleur et les yeux légèrement vitreux. Il a prononcé quelques mots dans sa langue, comme une supplique... Dans la situation inverse, il m'aurait immédiatement achevé, je ne l'ignorais pas. J'ai hésité, puis je me suis baissé pour l'aider à dégager la protection de sa boîte. C'est là que j'ai remarqué ses galons et ses épaulettes. Il s'agissait d'un gradé. Un très haut gradé. Au moins un *Oberst* ou un *General*. J'ignorais ce qu'il faisait là, au milieu des bois et de ses hommes, mais il était à ma merci. Une idée folle m'a traversé l'esprit : et si je le ramenais à mes supérieurs ? Pas seulement pour le soigner, mais pour l'interroger. Un officier de ce niveau devait détenir des informations précieuses. Cruciales, même. Et si, grâce à ses indications, nous réussissions à déjouer les plans de l'ennemi ? À le repousser et à le vaincre ? Jeanne serait enfin en sécurité, où qu'elle puisse se trouver !

J'ai ajusté du mieux possible le masque sur sa figure et nous nous sommes jaugés derrière nos hublots et nos groins en caoutchouc. Sûr qu'il devait s'interroger sur mes intentions... Je l'ai fouillé rapidement, sans trouver d'arme, seulement un petit carnet que j'ai empoché. Puis je l'ai forcé à se mettre debout, malgré ses gémissements. Il souffrait pour de bon et paraissait avoir perdu pas mal de sang. L'espace d'une seconde, je me suis dit que m'encombrer de lui était suicidaire et que j'avais tout intérêt à le laisser là. Mais un ennemi qu'on a tenu dans ses bras n'est plus tout à fait un ennemi, n'est-ce pas ? Et par ailleurs, un brouillard jaunâtre s'insinuait entre les arbres. De l'ypérite, une saleté de gaz, qui vous dévorait les muqueuses et la peau comme de la chaux vive. Avec sa blessure ouverte, le *General* n'avait aucune chance. Je l'ai attrapé par la ceinture et nous avons commencé à avancer tant bien que mal. Cinq pas, dix pas, quinze... Les canons continuaient à cracher et la nuée mortifère se rapprochait dangereusement. De fait, nous avancions au ralenti : entre le sol glissant et les racines, c'est à peine si nous avons pu parcourir cent mètres en vingt minutes. L'Allemand pesait de plus en plus sur mes épaules et j'étais obligé de le tirer tant il traînait les pieds. À un moment, je l'ai senti s'amollir contre moi et j'ai préféré le déposer au pied d'un tronc, le temps de reprendre des forces. Ma respiration s'emballait sous le masque et il me semblait entendre des tirs de mitrailleuse juste devant. Ami ? Ennemi ? Mon cœur tapait si fort que j'avais du mal à distinguer... J'ai empoigné à nouveau le prisonnier et j'ai vu qu'il avait fermé les yeux. Je l'ai secoué pour le réveiller, mais il n'a pas réagi. Ni même gémi. Il était mort. Et avant que je puisse réaliser l'étendue de ma bêtise, une poignée d'Allemands surgissaient du sous-bois et me prenaient pour cible : Tacatacatac ! J'ai évité la rafale de justesse, en détalant et en plongeant à couvert. Un instant, j'ai prié pour qu'ils aillent d'abord porter secours à leur officier, mais plusieurs détonations ont claqué sur ma gauche. Puis sur ma droite. Pas moyen de rester là, sauf à me retrouver encerclé. J'ai alors piqué un sprint vers la seule issue possible : la nappe de gaz à quelques mètres derrière. Je me suis redressé d'un coup et me suis élancé en zigzag. Trois soldats au moins m'ont pris en chasse et plusieurs projectiles ont sifflé à mes oreilles. Je me suis baissé en essayant de ne pas ralentir ma course, avec l'impression de suffoquer sous ma protection. J'ai slalomé à l'aveugle pendant quelques secondes puis j'ai senti quelque chose qui me frappait sur le côté et m'arrachait mon masque. J'ai lâché mon fusil pour le remettre et j'ai compris qu'une balle avait atteint la cartouche filtrante. Une odeur de moutarde me montait aux narines, signe que la protection n'était plus étanche. J'ai placé mes deux mains sur ma bouche pour maintenir le tissu caoutchouté, sauf que le gaz continuait à s'infiltrer. Et mes poursuivants étaient toujours sur mes talons… Je me suis forcé à marcher tout droit, le plus longtemps possible, en inspirant de petites goulées d'air. La peau de mon menton me brûlait et j'avais l'impression d'avaler des flammes. Il me restait peut-être une minute à vivre et, par réflexe, j'ai cherché un endroit où les Allemands ne trouveraient pas mon corps. Des points noirs clignotaient devant mes yeux qui se sont mis à pleurer tout seuls. Je m'en voulais d'avoir été aussi stupide et de m'être embarrassé de cet officier. J'ai repensé à ma mère et à mon frère, et à Jeanne bien sûr, en lui souhaitant de mener une belle vie. J'étais sur le point de renoncer, de me laisser tomber sur ce lit de feuilles, comme tant de camarades… C'est alors que l'ai vu.

Le vieil homme suspendit sa phrase et Alma se méprit sur son sens :

– Jeanne ? interrogea-t-elle. Vous avez vu Jeanne ?

– Pas Jeanne, non, murmura Bakary. L'Immortel…

22

13 octobre, 17 h 25

– L'Immortel ? répéta Alma. C'est... c'est une légende, non ?

Le vieil homme sourit, avec le même genre de moue énigmatique qu'un peu plus tôt.

– Je l'ai vu exactement comme je te vois, affirma-t-il. Avec son grand casque blanc et tous ses bijoux. Sans arme ni protection d'aucune sorte. Il a mis un doigt sur sa bouche et m'a fait signe de le suivre.

– C'est impossible ! Vous disiez à l'instant que vous étiez sur le point de... de...

– ... de mourir, oui, compléta Bakary. Mais c'était oublier certaines ressources qui gisent au plus profond de nous-mêmes. Mon grand-père était là, au milieu de cette forêt maléfique, à dix mille kilomètres de chez lui, dans un monde qui n'aurait jamais dû être le sien. Avec cet air si tranquille, si déterminé… Il revenait pour me sauver et je n'aurais pas été à la hauteur ? J'ai pris la main qu'il me tendait et, malgré le feu qui embrasait ma gorge, je me suis obligé à avancer. Quelques pas, vers un rocher moussu près duquel reposait l'un de mes frères d'armes. Tué probablement lors de la première fusillade… À sa ceinture, un étui cylindrique, intact. Brusquement, j'ai compris où l'ancien voulait en venir. J'ai ôté le couvercle et récupéré la protection à l'intérieur. Puis, retenant chaque atome d'oxygène dans les plus reculées de mes cellules, j'ai enlevé le masque défectueux pour le remplacer par l'autre. J'ai cru qu'on m'écorchait la peau et que mes yeux allaient se liquéfier mais j'ai réussi à l'enfiler. Et à respirer, enfin. Alors je suis tombé à genoux, étourdi de douleur et de fatigue. Sauf que l'Immortel ne l'entendait pas de cette oreille : de son index, il m'a montré la direction d'où mes poursuivants n'allaient pas tarder à jaillir. Une fois encore, il m'a tendu le bras. Je me suis appuyé sur ce poignet que je sentais glacé au travers du gant, et j'ai pu me remettre sur pied. Il m'a ensuite guidé parmi les arbres, comme s'il était né là, comme si rien ne lui échappait. Il ralentissait au moindre craquement de brindilles, m'ordonnait de m'accroupir lorsqu'il humait le vent de l'ennemi, savait exactement où tomberait la prochaine bombe. Ne me demande pas comment, je n'en ai aucune idée.

Et tout en prononçant ces mots, le vieil homme effleurait la pierre en forme de larme autour de son cou. *Barika Sou,* Force de la nuit…

– Je ne saurais te dire combien de temps a duré cette marche folle, continua-t-il. À un moment, il m'a semblé que les explosions se faisaient plus distantes. Puis j'ai entendu une voix qui criait derrière un bosquet :

« Hé ! Par ici ! Par ici ! »

« J'avais atteint nos lignes. Je me suis retourné pour remercier mon grand-père, mais il s'éloignait déjà. Il a hoché doucement la tête, comme pour un adieu et, m'a fait une sorte de salut militaire, avec deux doigts sur le casque. Ensuite… ensuite il n'était plus là. Toute la souffrance qui pétrissait mon corps est revenue d'un bloc et j'ai senti un vide immense m'aspirer. J'ai perdu conscience.

Il se tut, frappé peut-être par l'intensité de l'évocation.

– Vous étiez sauvé, souffla Alma, qui n'aimait pas trop quand Bakary semblait soudain s'absenter.

– Je ne l'ai su que vingt-quatre heures plus tard, finit par admettre celui-ci. Lorsque je me suis réveillé dans le dortoir d'un hôpital. Avec des tartines de crème sur la figure et des compresses de gaze autour. J'avais des cloques comme des œufs de caille sur le menton et toute la peau qui me démangeait. Quant à mes poumons, ils avaient cinquante ans de trop. Par chance, le changement de masque avait limité l'absorption du poison et j'ai pu récupérer une bonne partie de mes capacités respiratoires. C'est seulement avec l'âge que les méfaits du gaz se sont rappelés à mon mauvais souvenir...

– Ça voulait quand même dire la fin de la guerre pour vous, non ?

– Penses-tu ! s'exclama le vieil homme. Quelques semaines de convalescence, voilà ce qu'on m'a octroyé. Plus une gratification : j'ai été élevé au rang de caporal. Ce qui, pour un tirailleur, n'était pas une mince affaire !

– Et ça parce que vous aviez été gazé ? interrogea Alma. Ils auraient mieux fait de vous laisser partir !

– En fait, c'était lié au carnet. Celui de l'officier allemand… Apparemment, il recelait certaines informations utiles. On ne s'est pas donné la peine de m'expliquer lesquelles, tu l'imagines. Ce que j'ai su après, c'est que le type en question était en fait un *Oberst*, un colonel. Et qu'une semaine après la deuxième offensive de nos ennemis sur Reims, nous sommes parvenus à les repousser et à dégager la ville. Définitivement. Ce qui ne signifie pas que ce carnet ait joué un rôle quelconque, attention !

– Si ça se trouve, c'est grâce à vous, voulut croire Alma.

– Ce qui est sûr, c'est qu'il n'y a plus personne pour prétendre le contraire ! s'amusa Bakary. En tout cas, l'ordre de promotion mentionnait en toutes lettres que ma conduite ce 14 juillet avait rendu « un service signalé à la nation ». « Signalé », c'est-à-dire important. Et tu ignores encore le meilleur : il était contresigné par le général Colbert !

– Incroyable !

– N'est-ce pas ? Une preuve de plus que ce carnet

valait quelque chose. Autrement, Colbert n'aurait jamais accepté que je prenne du grade.

– Ça aurait dû le faire changer d'avis pour le mariage, non ? L'héroïsme, c'est le truc des militaires...

– Aucune chance, trancha sombrement Bakary. Quoi qu'il en soit, personne ne peut jamais deviner toutes les conséquences de ses actes, pas même un général fraîchement promu. Dix jours après mon entrée à l'hôpital de Châlons, une nouvelle infirmière est venue nous prodiguer des soins. Elle circulait entre les lits, avec cet uniforme blanc et ce voile dans les cheveux qui faisaient baisser d'un ton les conversations des blessés. Elle a pris des nouvelles de certains pensionnaires, puis est venue vers moi qui lisais un livre dans mon coin. J'ai levé les yeux, aperçu d'abord la grande croix rouge sur sa poitrine, puis la terre s'est arrêtée brusquement de tourner. C'était Jeanne.

– Oui ! laissa échapper Alma, ravie. Elle l'a fait ! Ça c'est une fille !

Son enthousiasme arracha un soupir d'aise au vieil homme.

– Et elle était vraiment devenue infirmière ? enchaîna Alma. Rien que pour vous ?

– En vérité, elle avait surpris une discussion entre ses fameuses cousines, expliqua Bakary, les deux Champenoises que j'avais croisées dans leurs vignes près d'Épernay. Il y était question de mon hospitalisation, probablement suite à une indiscrétion du général. Jeanne avait alors résolu de tenter le tout pour le tout. Elle avait profité d'une absence de sa mère pour rejoindre Châlons. Après quoi elle s'était glissée dans le vestiaire de l'établissement et avait emprunté un uniforme. Il lui a suffi de circuler un peu dans les étages pour me dénicher.

– Vous avez réagi comment ?

– J'ai pleuré… fit Bakary après une hésitation. Je n'avais pas vu Jeanne depuis quatre cent quatre-vingt-neuf jours exactement. Et voilà qu'elle apparaissait tel un ange immaculé au milieu de ce triste purgatoire. Elle avait bravé la colère paternelle pour arriver jusqu'à moi et elle tombait finalement sur un pauvre type à la peau de serpent et au souffle empoisonné. Et malgré tout, elle me regardait comme si j'étais la plus belle chose descendue du ciel. Avec un amour aussi pur qu'au premier jour. Alors oui, j'ai versé quelques larmes. Les plus merveilleuses de ma fichue vie.

– Et ensuite ? s'empressa de demander Alma qui ne tenait pas à se laisser envahir par l'émotion.

– Nous ne devions éveiller aucun soupçon. À quelques centimètres l'un de l'autre, tremblants comme des oisillons, il nous était même interdit de nous frôler.

« Le médecin voudrait vous parler, a déclaré Jeanne, sur un ton un peu trop solennel. Si vous voulez me suivre, M. Sakoro.

Je lui ai emboîté le pas, les jambes flageolantes, comme un élève désobéissant que l'on conduit chez le directeur. J'ai baissé la tête devant mes camarades – de peur de quoi, d'ailleurs ? – et, après quelques détours, Jeanne s'est figée tout au bout d'un couloir. Elle a attendu que personne ne puisse nous voir et a poussé la dernière porte devant nous. Nous nous sommes engouffrés dans une sorte de débarras, garni de balais, de seaux et de serpillières. Il y avait plus romantique pour des retrouvailles… Cela ne nous a pas empêchés de nous chuchoter quinze mois de secrets et de bonheurs perdus. Elle m'a raconté sa vie de recluse auprès de sa mère, mes lettres qu'elle recopiait en cachette, les pressions qu'on lui faisait subir pour qu'elle renonce à moi…

– Un jour, j'écrirai tout ça, a-t-elle murmuré. On en rira ensemble.

Les minutes ont filé entre nos doigts comme l'eau vive d'un torrent. Sauf qu'à force de nous oublier nous-mêmes, nous avons fini par en oublier les autres. Après trois quarts d'heure à nous enivrer de serments, l'écho de sabots lourds et traînants a traversé les murs. Quelqu'un venait. Si l'on nous surprenait ensemble...

– Au fond ! j'ai intimé à Jeanne.

J'ai attendu qu'elle soit à peu près dissimulée par le fatras d'ustensiles et je me suis rué dehors en me tenant la gorge et en titubant :

– À boire ! j'ai crié. J'étouffe !

J'ai failli renverser une femme entre deux âges, vêtue d'une blouse grise, qui portait un seau rempli d'eau sale. L'une des préposées au ménage...

– Qu'est-ce que vous fabriquez dans... a-t-elle commencé.

– À boire ! j'ai répété en hurlant. Vite !

Je suis tombé par terre en feignant l'asphyxie, ce qui a contraint la brave dame à lâcher son seau pour me porter secours.

– Monsieur... Monsieur... »

Elle m'a aidé à me relever et j'ai passé mon

bras sous le sien en la suppliant de m'emmener vers les cuisines. Ce qu'elle a fait. À l'instant de descendre l'escalier, je me suis retourné et j'ai vu la main de Jeanne qui surgissait de l'ombre pour m'envoyer un baiser. J'ai pensé que tout ça n'était qu'un contretemps et que nous nous retrouverions bientôt.

Sa respiration se mit à siffler, comme si quelque chose l'oppressait.

– Oui, ajouta-t-il amèrement, dans un monde où les couleurs n'auraient pas été en guerre, nous aurions dû nous revoir bientôt.

23

13 octobre, 17 h 36

– Je ne vous suis pas… avança prudemment Alma tandis que le vieil homme semblait s'abandonner de nouveau à ses démons intérieurs. Vous étiez en vie, loin du front pour quelques semaines, vous connaissiez désormais l'adresse de Jeanne, qu'est-ce qui vous empêchait de retourner la voir ? Elle s'était bien débrouillée pour venir, elle.

Bakary mit plusieurs secondes à réagir. Il ne respirait pas beaucoup mieux.

– C'était mon intention, bien sûr, se défendit-il. J'attendais seulement qu'on me retire mes pansements pour être plus présentable. Déjà qu'un Noir en liberté mettait en émoi les villages de Champagne, un Noir transformé en momie… Et puis, quatre jours après la surprise de l'hôpital, une infirmière – une vraie, celle-là – est venue me voir au dortoir. Elle a prononcé la même phrase que Jeanne, quasiment au mot près :

« Le docteur voudrait vous parler, M. Sakoro. »

Inutile de te dire que ça a sonné bizarrement à mes oreilles. Je me suis rendu dans le bureau du médecin, sauf que celui-ci n'était pas tout seul. Il y avait un militaire avec lui, un quinquagénaire qui portait beau, épaules larges, mâchoire carrée et fine moustache, cheveux en brosse poivre et sel. Un général.

– Bien, le mieux est sans doute que je vous laisse, a lancé le chirurgien lorsque je suis entré. Prenez vos aises, je fais la tournée des malades.

Il est sorti en fermant la porte derrière lui, et je me suis retrouvé debout, bras ballants, ne sachant pas quoi penser. Le général m'a dévisagé, traquant mon regard sous les compresses, puis il a lâché d'un ton sec :

– On ne salue plus les officiers supérieurs, caporal ?

À contrecœur, j'ai dû obéir et me mettre au garde-à-vous.

– Rompez ! a-t-il concédé après un moment. Vous savez qui je suis, caporal ?

– Je crois, j'ai répondu. Vous êtes le général Colbert, le père de Jeanne.

– Parfait, s'est-il félicité, ça nous évitera de tourner autour du pot. Vous devinez aussi l'objet de ma visite, j'imagine ?

– Vous tenez à me remercier pour le service que j'ai rendu au pays ?

– Ne me provoquez pas ! a-t-il grincé en serrant les poings. Vous devriez m'être reconnaissant de vous avoir distingué...

Puis, il s'est approché de moi en faisant un effort pour se contenir :

– C'est elle qui vous a appris le français ?

J'ai acquiescé.

– Ma fille est très douée pour s'occuper des autres, a-t-il regretté, beaucoup moins pour s'occuper d'elle-même.

« Je me suis demandé s'il allait me reprocher la visite de Jeanne à l'hôpital, mais peut-être n'était-il pas au courant.

– J'irai droit au but, a-t-il poursuivi. Vous devez cesser de chercher à la voir. J'ai su que vous aviez importuné ma famille pour la retrouver, je ne souhaite pas que cela se reproduise. Dorénavant, je vous interdis de lui écrire, de lui téléphoner ou de la harceler d'une manière quelconque. Si je le pouvais, je vous interdirais même de penser à elle… Suis-je bien clair, caporal ?

Je l'ai fixé, stupéfait. M'interdire de penser à Jeanne !

– Et sinon quoi ? j'ai pu seulement articuler.

Sa réponse était toute prête :

– Je pourrais vous expédier dès demain en première ligne. Et vous promener d'un front à l'autre, dans les zones les plus exposées. C'est ça que vous voulez ? Ou bien je peux vous conserver au chaud et à l'abri pendant un moment. Le temps que nous remportions la victoire.

– J'ai survécu à Verdun, j'ai répliqué. Au Chemin des Dames, à la Montagne de Reims… Aux gaz, aux bombardements, à des dizaines d'offensives. Vous croyez pouvoir m'intimider avec ça ?

Nous nous sommes jaugés, à trente centimètres l'un de l'autre, moi plus grand d'une tête, lui caparaçonné de galons et de médailles. Puis, d'un coup, il s'est détourné vers la fenêtre, l'air sombre. Il a observé quelque chose dans la cour, avant de reprendre :

– Vous devez penser que je n'aime pas ma fille, Sakoro ? a-t-il soupiré. Détrompez-vous, elle est ce que j'ai de plus cher au monde. C'est justement parce que je l'aime que je suis résolu à l'empêcher de rater sa vie. Quitte à ce qu'elle me déteste. Si elle ne renonce pas à vous, j'ai en effet décidé qu'elle irait au couvent. Le temps qu'il faudra… Elle pourra y étudier, méditer, et quand elle sera prête, elle reprendra son avenir en main.

– Mais vous n'avez pas le droit !

– Je suis son père et elle est mineure. J'ai tous les droits.

– Moi dans un cimetière et elle en prison ? C'est ça votre vision de l'amour paternel ?

– Et vous, caporal, quelle est votre vision de l'amour ? a-t-il rétorqué, exaspéré. Quelle vie allez-vous offrir à ma fille ? Je ne parle pas d'argent, ni de carrière ni de vos qualités ou je ne sais quoi. Je parle de la vie. Avez-vous la moindre idée de ce qui vous attend ensuite ? Les regards en coin, les réflexions haineuses, les jugements, les plaisanteries déplacées… Surtout pour elle, bien sûr, car c'est elle que les gens accuseront d'avoir trahi leur cause. Sans compter tout ce qu'on crachera dans son dos et dont elle n'ignorera rien… Et si vous espérez que les parents confient volontiers leurs gamins à la femme d'un Noir, vous vous trompez lourdement. Chaque matin, elle lira le mépris de tout un quartier dans les yeux de ses élèves.

– Vous oubliez que l'amour se moque pas mal de ces bêtises, j'ai objecté. L'important, c'est que nous soyons ensemble. Les autres n'ont qu'à s'occuper d'eux-mêmes.

– Bien sûr, s'est exclamé Colbert, et Dieu sait qu'elle fera face ! Au début, en tout cas. Mais cette hostilité permanente, à la boulangerie, au marché, dans la rue... Tous les jours, de toutes les semaines, de toute l'année ! Combien de temps faudra-t-il pour que ça l'insupporte ? Et si vous avez un enfant ? Vous y avez songé ? Comment sera-t-il accueilli, lui ? Avec sa peau café au lait et ses cheveux crépus... Vous voulez que je vous le dise ? Comme une bête dangereuse. Un indésirable, un étranger. À son école, à ses camarades, à son pays... Même à l'Afrique ! Et c'est ce fardeau-là que vous voulez lui offrir en héritage ? Pour quelques mois d'ivresse et d'inconscience ? Allons, caporal, reprenez-vous ! »

– À ma grande honte, ajouta Bakary, je dois admettre que ces arguments ont ébranlé quelque chose en moi : et si, malgré mes intentions sincères, je gâchais l'existence de Jeanne ? Et d'autres existences à venir ?

– Je suis sûre que Jeanne voyait les choses différemment, intervint Alma, déconcertée. C'est elle qu'il fallait écouter, pas son père !

– Sinon que son père avait juré de la mettre en cage si des fois je m'approchais à nouveau. Ça donnait à réfléchir.

– Il vous restait la solution de vous enfuir tous les deux !

– Elle n'aurait pas pu obtenir ses diplômes ni devenir institutrice. Je n'avais pas le droit de briser ce rêve.

– Alors vous avez fait quoi ? s'agaça Alma.

– J'ai préféré ne pas jouer sa vie sur un coup de tête et attendre d'être sûr de moi... Le temps que cette guerre se termine, par exemple. Les renforts américains débarquaient en masse, la victoire n'allait plus tarder. Qui plus est, et malgré Force noire, il y avait toujours le risque que je laisse ma peau sur un champ de bataille. Qu'adviendrait-il de Jeanne si nous avions pris entre-temps des décisions irrévocables ? Et puis une fois démobilisé, je redeviendrais un homme libre, sans plus de compte à rendre à mes supérieurs et surtout pas au général Colbert.

– Que je sache, se souvint Alma, la paix a été signée le 11 novembre 1918, soit quelques semaines après votre sortie de l'hôpital. Ça n'a donc pas duré très longtemps. Vous avez pris la direction d'Épernay, j'espère ?

– Ce n'était pas exactement la paix, corrigea Bakary, mais un armistice, une suspension provisoire des combats. Ce qui pour tout le monde était l'essentiel, je te l'accorde. Le soulagement était immense, depuis le fond des tranchées jusqu'au plus lointain des villages du Mali. Chacun avait tant donné de son sang, de ses fils, de sa santé, de ses amours, de ses projets... Mais pour les soldats, la différence n'était pas mince. Au lieu d'être rendus à la vie civile, beaucoup d'entre nous sont partis en Allemagne, dans l'armée d'occupation. Afin d'obliger nos ennemis à tenir leurs engagements. Faute de quoi, la guerre recommencerait... Au départ, il m'a semblé que ce voyage pouvait être instructif : peut-être que là-bas, dans un pays vaincu, les esprits seraient plus ouverts ? Peut-être qu'à terme, Jeanne et moi pourrions nous y installer ? Elle qui enseignerait le français et moi qui ferais... eh bien, tout ce qu'on voudrait me proposer ! Mais j'ai vite déchanté, hélas. Si les Noirs inspiraient la méfiance dans les campagnes françaises, en Allemagne, notre présence provoquait la colère des habitants. Ils considéraient que la France nous envoyait là-bas pour les humilier et certains n'avaient pas peur de dire que nous étions des sous-hommes, dont la mission était de souiller le pays et la race allemande. Plus tard, il y a même eu une vaste campagne de presse, avec des affiches qui nous caricaturaient en cannibale et des articles où l'on nous accusait de crimes abominables. La « Honte noire », voilà comment ils nous désignaient… Et même si on n'en était pas encore tout à fait là en 1919, le rejet que nous suscitions était déjà violent. C'est là, ajouta tristement Bakary, où j'ai compris que pour Jeanne et moi, il n'y avait aucune issue nulle part. Et que ce ne serait pas l'aimer vraiment que de l'entraîner dans cette vie de malheur…

– Non ! protesta Alma, avec un mélange de dépit et de révolte. Vous n'aviez pas le droit de lui faire ça ! Elle vous aimait !

– Et moi aussi, si tu savais… fit le vieil homme, un tremblement dans la voix. Mais c'était une sage décision et il n'aurait pas été raisonnable d'en changer. Sinon, à quoi aurait servi tout cet amour que j'éprouvais pour elle ? Sauf à ne penser qu'à mon propre bonheur ?

Il se tut, feuilletant l'album entre ses doigts noueux. Alma ne savait plus quoi dire. Elle se sentait impuissante à enrayer un drame vieux de soixante-dix ans.

– J'ai beaucoup réfléchi à la moins mauvaise façon de faire, reprit Bakary, le souffle court. Pour éviter à Jeanne les incertitudes et les faux espoirs. Pour lui permettre de reprendre le cours de son existence avec le moins de regrets possibles. Ma mort aurait été la meilleure solution, bien sûr, mais c'eût été plonger ma famille dans le besoin et le désarroi. Alors je...

Il s'interrompit et porta la main à sa bouche pour endiguer une nouvelle quinte.

– Je... je lui ai écrit une lettre, parvint-il à formuler après une bonne minute, entre deux sifflements.

Cette fois, ses poumons ne semblaient plus vouloir le laisser en paix : il toussa longuement, la poitrine secouée de spasmes. Lorsqu'il parvint enfin à reprendre sa respiration, la main sur le cœur et le front en nage, il était pâle. D'une pâleur d'outre-tombe.

– Tu... tu aurais un verre d'eau ? hoqueta-t-il.

24

13 octobre, 17 h 49

Alma dévala les marches à toute vitesse en jetant un œil à sa montre : zut ! elle avait oublié l'heure. Robert et sa mère avaient dû revenir des courses sans trouver personne à l'appartement, ce qui les avait sans doute obligés à emmener Alphonse à la gare chercher grand-père. Mauvaise idée : celui-ci détestait qu'on lui braille dans les oreilles, surtout depuis le siège arrière d'une voiture. Ambiance orageuse et règlements de compte en perspective…

Elle ouvrit la porte à la volée et courut vers la chambre du petit monstre où tout était éclairé. Edgar se tenait sur le seuil, dans une tenue criarde, savant mélange de maillot de bain bleu électrique, d'un tee-shirt rouge délavé et d'un bandeau jaune dans les cheveux. Le tout pieds nus, avec un double décimètre à la main.

– Je suis le chevalier Arc-en-ciel, claironna-t-il en prenant une grosse voix.

– Tu vas surtout attraper un rhume si tu ne mets pas tes chaussettes, avertit Alma. Tu fabriques quoi chez Alphonse ?

– Je t'ai sauvé la vie, Almanite ! clama-t-il.

C'est alors qu'elle entendit les babillages qui montaient du berceau.

– Il est là ? s'étonna-t-elle.

Elle avança vers le milieu de la pièce : à quatre pattes sur sa couverture, Alphonse l'aperçut et produisit une imitation assez réussie de ventouse qu'on décolle.

– Et les parents ? fit-elle, décontenancée.

– À la gare... Je t'ai sauvé la vie, Almanite ! répéta-t-il. Quand ils sont rentrés tout à l'heure, ils ont piqué une colère parce que t'étais pas là. J'ai dit que tu avais plus de cartouches pour faire ta punition et que tu étais allée en acheter d'autres. Que tu arrivais bientôt.

– C'est... c'est gentil Edgar, dut-elle reconnaître. Tu me donnes encore une minute ? Il faut que je prenne un verre d'eau, après je te remplace.

Elle s'apprêtait à filer à la cuisine mais Edgar s'interposa en prenant la posture guerrière de l'un de ses personnages favoris.

– Pas question, Almanite, d'abord, tu m'écoutes !

Elle hésita à passer en force mais son petit air buté était plutôt désarmant.

– Si tu ne m'écoutes pas, insista-t-il, ta mère te tuera. Je lui dirai que tu nous as laissés seuls tout le temps et que tu fais des trucs bizarres dans un des greniers là-haut.

– Quoi ?

– J'ai entendu ta voix tout à l'heure quand je suis monté. Tu parlais fort. Tu répètes une pièce de théâtre ?

Surtout éviter qu'il se mêle de ça…

– D'accord, Edgar, tu as gagné, je m'excuse pour le retard. Il y a quelque chose qui te ferait plaisir, que je me fasse pardonner ? Laisse-moi juste boire un verre d'eau et ensuite on discute.

– *Indiana Jones*, lâcha le garçonnet dans un souffle. Je veux que tu m'emmènes le voir.

– Hein ?

– Papa déteste ça et il voudra pas que j'y aille seul. Mais si tu m'emmènes…

L'ultimatum sonnait plus comme une prière que comme une menace.

– Va pour *Indiana Jones*, capitula Alma. Maintenant, si tu permets...

– Non ! se cabra encore Edgar. Tu sors pas d'ici sans jurer qu'on ira ce week-end. Et moi, en échange, je dirai rien de rien à ta mère, même pas pour le grenier.

Du chantage ! Elle était belle la morale du chevalier Arc-en-ciel !

– Ce week-end, céda la jeune fille, tope là ! Par contre, si je compte bien, ça fait deux promesses d'un coup : j'ai droit à cinq minutes de rabe, non ?

Edgar réfléchit, un doigt sur la bouche, puis hocha la tête, trop heureux de sa victoire. Cette fois, Alma put se précipiter à l'autre bout de l'appartement, attraper un grand verre et le remplir au robinet. Au moment où elle traversait le couloir dans l'autre sens, la sonnette de l'entrée tinta. Apparemment, les parents avaient été plus rapides que prévu.

– Voilà, voilà ! répondit-elle en s'obligeant à sourire.

Elle ouvrit la porte et faillit laisser tomber son verre : Jonas se tenait devant elle, un chapeau sous le bras et un sourire gêné aux lèvres.

– Excuse-moi, commença-t-il, je sais que je n'ai pas prévenu...

Alma resta très droite, avec une expression figée, entre la stupéfaction et l'envie de disparaître. Elle était habillée n'importe comment – un vieux sweat-shirt gris et un pantalon de survêtement –, même pas recoiffée et elle brandissait un ancien verre à moutarde orné d'un dessin de Pluto courant après sa queue. Il y avait plus élégant.

– Jonas ? finit-elle par articuler, avec un sens aigu de l'à-propos.

– Ça va, Alma ? l'interrogea-t-il. Tu sortais, peut-être ?

– Oui, c'est ça, répondit-elle, espérant se donner une contenance. Je sortais.

– Avec un verre ?

– Je… oui, j'allais dans l'escalier.

Il la fixa sans comprendre. Une idée, vite !

– J'arrose les plantes de l'immeuble, bredouilla-t-elle. J'aime les plantes.

Il allait la prendre pour une folle et c'était comme si chaque mot qu'elle prononçait l'enfonçait un peu plus dans les abîmes du ridicule. Mais pour le reste, qu'est-ce qu'il était beau !

– Je voulais savoir si tu pouvais me donner un coup de main, se lança-t-il. En maths…

– Là, tout de suite ?

– Non, bien sûr, la rassura-t-il. Mais j'en ai assez d'être à la traîne et de devoir compter sur... sur les autres. Mon père m'a passé un savon à cause de mes résultats et je n'ai plus trop le choix. En plus, je ne sais pas si tu sais, mais j'habite à deux rues de chez toi.

Alma connaissait son adresse par cœur, son étage et même son numéro de téléphone – qu'elle n'avait jamais osé composer, bien sûr.

– Ah bon ? feignit-elle de découvrir.

– Peut-être que si on faisait quelques exercices de temps en temps, sans trop te déranger... On pourrait se voir après les cours ?

Quelque chose se liquéfia à l'intérieur d'Alma et elle eut comme l'impression de se noyer. Il lui proposait de travailler avec elle ! Le verre tangua dangereusement, et la jeune fille se reprit *in extremis* : s'évanouir devant Jonas n'était pas une option.

– Oui, convint-elle, ce serait sympa, pourquoi pas ? Mais je ne sais pas si je ferais un bon professeur...

Il avança d'un pas et elle put sentir son eau de Cologne, un parfum frais et citronné qui l'avait déjà fait chavirer en classe.

– S'il y a quelqu'un qui peut quelque chose pour moi, fit-il avec une moue irrésistible.

Non, pas ce regard-là, supplia-t-elle, pas avec ces yeux bleus qui vous entortillaient dans la soie. Et puis l'urgence, c'était Bakary.

– Je… je dois m'occuper des plantes, coupa-t-elle en reculant.

– C'est qui, lui ? glissa alors une petite voix dans son dos.

Edgar venait de surgir derrière elle, dans son extravagant costume bariolé. Jonas allait décidément avoir une bonne image de la famille…

– Un ami, trancha Alma, gênée.

– C'est ton amoureux ? continua le garçonnet, sans aucun égard pour les fondements les plus sacrés des convenances adolescentes.

– Retourne immédiatement avec Alphonse, rugit-elle, ou sinon, pas de cinéma.

Le chevalier Arc-en-ciel ne se le fit pas dire deux fois.

– Ton frère ? s'enquit Jonas.

– À peine, soupira Alma. Maintenant, pardon, il faut vraiment que j'arrose ces plantes.

– Je m'en vais. Merci de me donner ma chance, en tout cas. Tu crois que tu pourrais trouver un moment mardi prochain ?

– Je… j'imagine que oui, consentit-elle, tandis que son cœur faisait des efforts vigoureux pour s'échapper de sa poitrine.

Ils se saluèrent et Alma redescendit brutalement sur terre. Bakary, donc… Elle gravit les marches aussi vite que possible en s'efforçant de ne pas trop renverser d'eau, puis tourna la poignée avec un mauvais pressentiment. Personne… Le vieil homme était parti en laissant la lampe allumée et son album grand ouvert près du fauteuil. La clé de la pièce, elle, était posée bien en évidence sur le bureau. Alma eut soudain la sensation d'avoir très soif et elle vida son verre d'un trait.

25

14 octobre, 9 h 20

Quelque chose clochait, même si elle n'arrivait pas à savoir quoi… La pièce n'était pas seulement vide, elle était désincarnée. Comme si l'air ne vibrait plus de la même manière, comme si la couleur des murs était plus triste, l'odeur de renfermé plus forte. Et cette clé piquetée de rouille dans sa main… Toute la soirée, elle avait eu une impression désagréable, un vague sentiment de culpabilité. Le dîner avec grand-père s'était déroulé sans heurt, Robert avait donné son autorisation pour le cinéma, le film lui-même était plutôt bon et pourtant, Alma ne pouvait s'ôter de l'idée qu'elle avait commis une grave erreur. Si elle était remontée plus vite avec le verre d'eau, les choses se seraient déroulées autrement… D'où tenait-elle cette certitude ? Impossible à savoir, mais elle ne pouvait s'en défaire. Le dimanche matin, aux aurores, elle s'était mise à rédiger son devoir pour M. Pilar. Étrange comme les mots lui venaient facilement, même si sa version du « légionnaire et du Poilu » était sans doute très éloignée de ce qu'attendait son professeur. Aucune importance, ce n'était plus pour lui qu'elle l'écrivait… Un peu après neuf heures, l'envie était devenue trop forte et elle était montée au cinquième étage. Où cet imperceptible changement d'atmosphère l'avait saisie comme une évidence.

Elle s'assit dans le fauteuil de Bakary et considéra la pièce : le bureau, l'empilement de cartons, les poupées, les couvertures soigneusement pliées… En apparence, rien n'avait bougé. Elle alluma la lampe et prit le grand carnet sur ses genoux. Des lignes et des lignes d'écriture violette sur un jeune tirailleur venu chercher son frère en France et qui avait finalement trouvé l'amour avant de le perdre. La page ouverte évoquait en quelques notes l'hospitalisation du caporal Sakoro à Châlons-en-Champagne, à la suite de brûlures au visage et à une intoxication par les gaz. Il y avait aussi une carte postale en noir et blanc de l'hôpital, un imposant quadrilatère de pierre avec une chapelle au milieu. Puis divers documents qui paraissaient déclassés : un compte rendu de la reprise du Fort de Douaumont en octobre 1916; la «une» d'un journal de novembre 1918 qui titrait : *L'armistice est signé! Les armes se sont tues!*; un article sur le député noir Blaise Diagne qui effectuait une tournée en Afrique pour pousser ses compatriotes à s'engager dans l'armée; un morceau de papier chiffonné qui avait dû être un jour la carte de visite du café La Cigale à Saint-Raphaël. Puis plus rien. Du moins en ce qui concernait le récit de la vie de Bakary... Il y avait par contre une enveloppe scotchée – avec de l'adhésif préhistorique! – à l'intérieur de la couverture de l'album. Alma hésita un certain temps avant de l'ouvrir. Le vieil homme reviendrait peut-être dans la journée, et sans doute n'apprécierait-il pas qu'elle ait pris ce genre de liberté. En même temps, lorsqu'il l'avait surprise en train de regarder les photos de la boîte à chaussures, il s'était montré plutôt bienveillant, l'encourageant presque : «Le jour où plus personne ne pense aux défunts, ils sont vraiment morts», avait-il assuré. Alors...

Alors, Alma décacheta l'enveloppe avec précaution. Elle contenait une lettre passablement vieillie et un anneau argenté très simple, semblable à celui que Bakary portait à sa main gauche, en plus petit. Alma déplia la feuille jaunie, craquante comme du parchemin. L'en-tête était en Allemand – celui d'un hôtel ? – et l'écriture un peu malhabile.

17 mars 1919
Jeanne,
Je ne te mérite pas. J'ai rencontré une autre femme, ici, à Sarrebruck. Les choses sont plus faciles avec elle et je ne compte pas revenir en France. Je ne te demande pas de me pardonner car je n'en vaux pas la peine. Je te demande de m'oublier très vite et de prendre quelqu'un de mieux que moi. Non, je ne te mérite pas.
Bakary

La jeune fille resta un long moment à lire et relire le texte, traquant chaque hésitation de la plume, s'imaginant la souffrance de chaque mot. Ainsi donc, il avait choisi de rompre en se présentant sous le jour le plus détestable qui soit, celui de la trahison. Avec l'espoir qu'elle lui en veuille suffisamment pour l'effacer de sa mémoire. Sauf que rien ne prouvait qu'il ait atteint si facilement son but. Quel coup de poignard, en effet… L'homme auquel Jeanne s'apprêtait à tout sacrifier, y compris sa famille, la crucifiait au premier obstacle. Se remettait-on jamais de ce genre de blessure ?

Quant à l'anneau, il s'agissait de son alliance à elle, bien sûr, celle que Bakary lui avait glissée au doigt un jour de 1917, dans cette chapelle en ruine de l'arrière-pays provençal. Fallait-il en déduire que Jeanne s'était donné la peine de lui renvoyer la bague ? Une manière comme une autre de faire table rase du passé – encore que la destruction pure et simple eût été plus radicale. Cela dit, il était douteux que Bakary lui ait communiqué sa nouvelle adresse, sauf à vouloir mettre en péril son propre plan. Comment l'anneau avait-il donc atterri là ?

Songeuse, Alma retourna plusieurs pages en arrière, à l'endroit de l'album où était évoqué le fameux mariage :

Il y avait le fleuve, il y avait les roseaux,
Il y avait le ciel, il y avait les oiseaux…

Le poème de Bakary, soigneusement collé et intact. À la place de Jeanne, et dans l'ignorance de la vérité, Alma en aurait fait des confettis. Et pareil avec la lettre d'adieu. Une idée lui traversa alors l'esprit... Elle se leva et s'empara de la boîte à chaussures. Puisqu'elle ne pouvait ouvrir les cartons scellés ni les tiroirs fermés autour d'elle, peut-être trouverait-elle des indications parmi ces vieux clichés ? Elle les examina l'un après l'autre : le couple de l'ancien temps, la classe de garçons, le bébé sur son drap, des portraits individuels, des photos de groupe, des scènes de la vie quotidienne et d'autres posées, des grains et des qualités variables, au gré des talents, des appareils et des progrès... Certains tirages portaient des dates au dos, voire des mentions de lieu ou d'événements. L'un en particulier, attira son attention. Ou plutôt non, la plongea dans une perplexité infinie. Un homme en robe d'avocat, peut-être vingt-cinq ou trente ans, le bras levé, la mine solennelle. Au dos du cliché, une inscription : *Maître Auguste Duponchel, prestation de serment, septembre 1924*. Or, Duponchel était aussi le nom de son grand-père, Pierre Duponchel...

Il fallut à Alma un certain temps avant de

mesurer les implications de sa découverte. Que venait faire un de ses propres ancêtres dans cette histoire ? Elle se creusa la cervelle : il ne lui semblait pas qu'elle ait jamais entendu parler d'un avocat dans son arbre généalogique. Mais pour être franche, elle ne s'y était jamais beaucoup intéressée non plus. Et si grand-père était intarissable sur ses propres mérites, il n'était guère bavard au sujet des générations qui l'avaient précédé.

Elle reprit la pile de chemises cartonnées qu'elle avait survolées la veille : des dossiers par ordre alphabétique, qui contenaient – pour ce qu'elle en comprenait – des papiers officiels remplis de références à des notions de droit. Ces papiers dataient du début des années cinquante pour les plus récents et beaucoup étaient signés de la main même d'Augustin Duponchel. Ses archives, à n'en pas douter… Les coupures de journaux qui accompagnaient les dossiers renvoyaient quant à elles à différents faits-divers : des meurtres, des vols de bijouterie, des agressions… Certains noms cités laissaient deviner qu'il s'agissait d'affaires – retentissantes – qu'avait eu à traiter l'avocat. Le dernier entrefilet, à la fin du classeur, relatait, lui, un tout autre drame : l'accident d'avion qui, le 12 mars 1953, avait coûté la vie à une dizaine de personnes, parmi lesquelles un certain maître Duponchel, membre du barreau de Paris.

Où cela nous mène-t-il ? s'efforça de réfléchir Alma. Quelqu'un avait entreposé ici une série de documents ayant appartenu à ce maître Duponchel – qui lui était apparenté d'une façon qu'elle ignorait encore. Par ailleurs, d'autres objets concernant Bakary s'étaient retrouvés stockés au même endroit. Le lien entre les deux ? Peut-être cet Augustin Duponchel avait-il fait la connaissance de Bakary Sakoro à un moment ou un autre de sa carrière ? L'Intellectuel avait pu servir d'intermédiaire par exemple, puisque lui aussi se destinait à la profession d'avocat. Soit, admit-elle… Restait la coïncidence du lieu : pourquoi précisément ici, dans l'un des greniers de l'immeuble où habitait depuis si longtemps sa famille ? Pouvait-on imaginer qu'il s'agisse d'un simple hasard ? Alma se frotta le nez : si quelqu'un était susceptible de lui en apprendre davantage, c'était grand-père…

26

14 octobre, 10 h 26

Alma attendit l'occasion la plus favorable, le moment où grand-père s'assit dans le canapé du salon, une tasse de café à la main et son journal sur les genoux. Leurs relations étaient d'ordinaire assez distantes, celles d'un vieux bougon donneur de leçon et d'une jeune demoiselle que les adultes horripilaient. Leurs conversations se réduisaient donc au strict minimum et fonctionnaient le plus souvent à sens unique – un sens unique qui menait lui-même à une impasse... Aussi, Pierre Duponchel eut-il un haussement de sourcils interrogatif en voyant sa petite fille prendre place à ses côtés, un sourire inhabituel aux lèvres.

– Tiens ! émit-il, circonspect.

– Je peux te poser une question, papi ?

Elle utilisait rarement ce mot, mais les circonstances l'exigeaient. Elle lui laissa le temps de hocher la tête puis glissa sous ses yeux la photographie d'Augustin Duponchel dans sa robe d'avocat.

– J'ai trouvé ça, annonça-t-elle le plus innocemment du monde. C'est qui ?

Elle guetta la réaction de grand-père derrière ses lunettes rectangulaires et celle-ci ne se fit pas attendre. Ou plutôt « celles-ci » car il y en eut plusieurs, successivement : la surprise, l'embarras, un mouvement de buste vers le couloir pour voir si sa fille ne traînait pas dans les parages, un nouveau coup d'œil au cliché, un soupir excédé comme si la pression montait, un reniflement proche de l'ébullition et enfin, l'explosion :

– Nom d'un chien, Alma, tu as eu ça où ?

– Je… Là-haut, dans une chambre de bonne.

– Dans une chambre de bonne ? Laquelle ?

Elle lui expliqua en bafouillant qu'il s'agissait de la numéro sept, étonnée par sa virulence.

– La numéro sept ? Mais c'est pas vrai ! s'exclama son grand-père en se redressant et en renversant la moitié de son café. Cécile ? Cécile, tu peux venir s'il te plaît ?

La formule de politesse masquait mal la colère contenue. La mère d'Alma, qui connaissait bien les humeurs paternelles, accourut sans tarder. Elle devait être en train de s'occuper d'Alphonse car elle tenait des vêtements de bébé à la main.

– Qu'est-ce qu'il y a ?

– Tu l'as laissée fouiller dans mon grenier ? gronda Pierre Duponchel.

– Quoi ?

– Ça ! grinça son père en brandissant la photo en noir et blanc. Elle est allée la prendre dans la numéro sept. La nu-mé-ro-sept, répéta-t-il, comme s'il s'adressait à une arriérée mentale. J'avais interdit qu'on y aille, non ? Tu as une explication ?

Chaque mot tranchait comme un rasoir et la pauvre Cécile paraissait sonnée.

– Je ne sais pas, lâcha-t-elle faiblement.

– Mais enfin qu'est-ce que vous avez tous dans le crâne ? tempêta-t-il. Je ne demande pas le diable ! Quand je t'ai donné cet appartement, j'y ai mis une condition, tu te rappelles ? Une seule ! Et tu n'es même pas capable de la respecter !

– Elle ne pensait pas à mal, tenta de justifier Cécile.

– Bien sûr que si, elle pensait à mal ! s'emporta

le patriarche. Tous les gamins pensent à mal, surtout quand leurs parents ne se donnent pas la peine de les surveiller ! Et d'abord, où a-t-elle eu cette clé ?

– Je l'ignore ! Sur le gros trousseau, sans doute ?

– Le gros trousseau ? Tu lui laisses le gros trousseau ? Et puis quoi encore ? Elle a le droit de fumer, aussi, de se droguer ?

– Papa ! protesta Cécile.

– Quoi, papa ? répliqua Pierre Duponchel. Si tu ne peux pas empêcher qu'elle prenne une clé, tu crois qu'elle va se gêner pour le reste ?

Alma en venait presque à regretter que Robert ait accompagné Edgar à son entraînement de football : même s'il n'avait pas l'étoffe d'un super-héros, son beau-père serait intervenu pour calmer le jeu.

– Attention à ce que tu dis, prévint Cécile un ton au-dessus. C'est ma fille dont tu parles !

– Justement, oui, ironisa Pierre. C'est bien le problème : tu n'es même pas capable de garder ton mari, alors ta fille...

C'était un coup bas et la colère, brusquement, embrasa Cécile.

– Ça suffit ! hurla-t-elle. Tu es chez moi, que tu le veuilles ou non, alors tu arrêtes ! J'en ai assez de tes leçons de morale et de tes airs supérieurs ! Trente-huit ans que tu me traites comme une imbécile qui rate tout ce qu'elle entreprend ! Et toi, tu as fait quoi ? À part défendre tes petits secrets et tyranniser ta famille ? Et maman, à ton avis, pour quelle raison elle est partie ? Je suis déjà bien gentille de t'imposer à mes enfants !

– Ne te fâche pas, tenta Alma en lui posant la main sur le bras.

– Toi, Alma, tu vas t'assurer qu'Alphonse n'est pas sorti de son lit, ordonna Cécile. Ou sinon ton grand-père risque d'appeler les services sociaux. Allez, tout de suite !

Ne pas obéir eût été prendre le parti de grand-père… Alma s'exécuta et quitta le salon tandis que sa mère claquait la porte derrière elle. Le règlement de compte dura dix bonnes minutes encore, produisant des éclats de voix étouffés et des protestations d'innocence. Alphonse, lui, avait l'air de s'en moquer pas mal, tout occupé qu'il était à discuter avec ses orteils. Une fois le silence revenu, leur mère vint les rejoindre dans la chambre, les yeux rougis.

– Ça va ? s'inquiéta Alma.

– Pardon, s'excusa sa mère, je n'aurais pas

dû m'énerver comme ça. Mais ça faisait un moment que j'en avais gros sur le cœur.

Elle s'interrompit, à nouveau au bord des larmes.

– Il... il a réagi comment ? souffla Alma.

– Ça l'a secoué. Il n'a pas trop l'habitude qu'on s'adresse à lui sur ce ton. Il a préféré aller prendre l'air.

Cécile attrapa le bébé qui se désintéressa d'un coup de ses doigts de pied pour se concentrer *illico* sur le collier maternel.

– Il vaudrait mieux que tu ramènes cette photo, poursuivit-elle en sortant de sa poche le cliché en noir et blanc d'Augustin Duponchel.

Elles échangèrent un regard complice et Alma sentit que sa mère l'incitait à poser la question qui lui brûlait les lèvres :

– Et... qui est-ce, lui, alors ?

– Ton arrière-grand-père, murmura Cécile. Le père de papi...

Sans être une surprise totale, entendre sa mère prononcer cette phrase lui causa un choc.

– Mais... il a fait quelque chose de mal ? Pourquoi on n'a pas le droit d'en parler ?

– C'est compliqué, avança Cécile. Ce qui est sûr, c'est que ton grand-père et lui ne s'entendaient pas. C'était un homme brillant, pourtant, un grand avocat. Qui, de par son métier, côtoyait des gens dangereux. Très dangereux, même. Dont certains avaient menacé sa famille. Pour plus de sécurité, Augustin avait décidé de mettre son fils à l'abri dans un pensionnat. Une pratique courante, dans ces années-là. Résultat, ton grand-père a passé l'essentiel de sa jeunesse loin de chez lui et il en a voulu à ses parents. Il avait l'impression qu'on ne l'aimait pas et qu'on l'avait abandonné… Ce n'était pas vrai, bien sûr, mais tu sais les idées que se font parfois les enfants. Chez lui, ça a viré à l'obsession. Lorsque Augustin a trouvé la mort dans un accident d'avion, on aurait pu penser que ces rancœurs allaient s'apaiser, mais pas du tout. Peut-être que papi aurait eu besoin d'une vraie conversation avec son père et qu'il ne l'a jamais eue…

– Je… j'ai lu un article sur cet accident d'avion, avoua Alma. Dans un des dossiers, là-haut.

– Au moins, sourit sa mère, tu as eu le courage de mettre le nez dedans. Moi, je n'ai jamais pu. Les mises en garde paternelles ont dû m'en dégoûter, je suppose.

Elle embrassa Alphonse sur la joue et lui donna

son pouce à serrer pour le dissuader de tirer les perles colorées de son pendentif.

– Il y avait d'autres papiers aussi, déclara Alma. Ça concernait un soldat de la Grande Guerre, un tirailleur sénégalais.

– En effet, soupira Cécile. C'est un autre aspect de l'histoire et qui n'a rien arrangé, au contraire.

– Ah ? fit Alma, qui espérait enfin percer le mystère.

– Ça s'est produit bien après la disparition d'Augustin. Son épouse, ma grand-mère, est tombée gravement malade. Je ne la voyais pas beaucoup, car nous habitions dans le sud, mais elle a toujours été très gentille avec moi. Elle aurait bien aimé m'accueillir plus souvent, mais vu les relations avec son fils… Jeanne, elle s'appelait.

– Jeanne, répéta Alma, la voix éteinte.

– Jeanne, oui. Ton grand-père était intraitable avec elle, car il l'accusait d'être la première responsable de son « abandon ». Elle avait été institutrice autrefois, ce qui signifiait pour papi qu'elle s'occupait des enfants des autres mais pas de lui. Même si en réalité, elle n'avait pas eu le choix. Toujours est-il qu'elle a longtemps vécu dans cet appartement et qu'après son décès, ton grand-père s'est empressé de tout vendre. Le reste, il l'a entreposé à l'étage, dans la deuxième chambre de bonne. La numéro sept, celle où personne n'a le droit d'aller. Il faut dire qu'à la fin, entre lui et sa mère, c'était pire que tout.

– Mais pourquoi ça ? interrogea Alma, le cœur serré.

– D'après ce que m'a raconté une ancienne voisine, dans les derniers mois de sa maladie, Jeanne avait retrouvé un ami de jeunesse. J'ignore ce que papi s'est imaginé, mais ça ne lui a pas plu du tout. Peut-être aussi parce que le monsieur en question était noir…

Alma frissonna, sa gorge nouée l'autorisant seulement à jouer les perroquets :

– Noir ?

– Ce fameux tirailleur auquel tu faisais allusion… Il paraît qu'elle l'avait connu pendant la guerre et qu'ils s'étaient liés d'amitié. Elle comptait plus ou moins écrire un ouvrage sur la condition des soldats venus des colonies ou quelque chose de ce genre. Ensuite, ils se sont perdus de vue. Pendant cinquante ans… C'est un ex-collègue d'Augustin, un avocat africain, qui a renoué le contact. À ce moment-là, toujours d'après la voisine, Jeanne était hospitalisée à Necker. Et ce monsieur surgi de nulle part s'est mis à lui rendre visite. Tous les jours, sans exception. De quoi exaspérer un peu plus ton grand-père qui se contentait d'un coup de téléphone tous les deux ou trois mois.

Cécile remit doucement en place Alphonse qui s'était endormi au creux de son épaule. C'était donc bien l'Intellectuel qui leur avait permis d'être à nouveau ensemble, songea Alma. Mais si tard… Bakary avait dû s'expliquer sur la décision qu'il avait prise de rompre en 1919 et Jeanne avait dû finir par lui pardonner. À moins qu'elle n'ait jamais cru à cette lettre d'adieu ? Une éventualité qui expliquerait qu'elle ait conservé avec soin tous les souvenirs de cette époque, poème et lettre de rupture compris.

– Pour ma part, ajouta Cécile, j'ai toujours trouvé cette histoire assez touchante. Et si ça a permis à Jeanne de partir plus heureuse…

Alma était sur le point d'évoquer Bakary, mais quelqu'un frappa en sourdine à la porte de la chambre.

– Cécile ? chuchota grand-père. Cécile, je peux te parler une seconde ?

Il ne paraissait plus irrité le moins du monde.

– Je viens ! répondit sa fille après une légère hésitation.

Elle se leva, avec Alphonse dans les bras, et déposa un baiser sur le front d'Alma :

– Tu en profites pour tout remettre comme il faut là-haut, chérie ? suggéra-t-elle à voix basse. Avant de me rendre la clé ? Je crois qu'il est temps pour moi aussi d'avoir une vraie conversation avec mon père.

27

14 octobre, fin de matinée

La même sensation de vide, exactement, voilà ce qu'Alma éprouva en entrant à nouveau dans la chambre du sixième étage. Sauf qu'entre-temps, beaucoup de choses avaient changé : elle était l'arrière-petite-fille de Jeanne. Et c'est sans doute pour cela que Bakary était venu la visiter elle et qu'il tenait si fort à lui transmettre son histoire : elle était l'héritière d'un rêve qui se dérobait depuis soixante ans.

Pauvre Jeanne… Toutes ces années à garder dans un coin de son cœur la nostalgie de ce qu'aurait pu être sa vie et, lorsque enfin le sort lui offrait une seconde chance, il était déjà trop tard. L'ironie de l'existence, aurait dit le vieil homme.

Alma marcha jusqu'au bureau pour regarder une fois encore le jeu de photographies en noir et blanc. Sur aucune autre d'entre elles ne se reconnaissaient les traits d'Augustin Duponchel, pas plus qu'on ne devinait ceux de Jeanne – du moins d'après la description qu'en avait donné Bakary. Peut-être grand-père avait-il décidé, dans un accès de rage, de se séparer aussi des images de ses parents ? Étrange, tout de même, cette rancune, tenace, irréductible, qu'il avait nourrie contre eux depuis l'enfance. Pouvait-on se sentir délaissé au point de ne plus se croire capable d'aimer jamais sa famille ?

Elle replaça le cliché de l'avocat au milieu de la liasse et referma la boîte à chaussures. L'idée d'emporter la poupée à la jolie robe l'effleura, mais elle supposa que grand-père risquait d'en prendre ombrage. Il était encore trop tôt. Elle réunit les papiers épars autour du grand carnet et les rangea le plus logiquement possible entre les pages, faisant revivre sous ses doigts le récit de Bakary : Farako, Ségou, Bamako, Fréjus, Verdun, Saint-Raphaël, le Chemin des Dames, etc. Tout en feuilletant l'album, elle cherchait à faire taire la petite voix dans sa tête qui lui soufflait qu'il ne reparaîtrait plus… Il était malade, sans doute, fatigué, mais il avait trouvé jusqu'ici la force de la rejoindre : il fallait avoir confiance. Quant à l'enveloppe scotchée à l'intérieur du cahier… Alma souleva le rabat et passa l'alliance à son annulaire. Elle lui allait à la perfection. Après tout, n'était-elle pas l'héritière de Jeanne ? Et même si elle n'avait pas tout à fait l'âge de son arrière-grand-mère à l'époque, elle imaginait très bien ce que celle-ci avait pu ressentir. Cet anneau lui revenait, décréta-t-elle.

Pour finir, elle recula de quelques pas afin de s'assurer que tout était en ordre et que grand-père ne trouverait rien à redire en procédant à l'inspection de la chambre de bonne numéro sept. Elle revit alors Bakary, assis dans le fauteuil en rotin sous la lucarne, son œil pétillant, sa mine de vieux sage ouvert et bienveillant, sa médaille épinglée à la poitrine, ses chemises colorées et son costume sombre. Ses chemises… songea-t-elle brusquement. Ses drôles de chemises… Roses et vertes, si légères pour la saison, avec cette marque que l'on entrevoyait parfois sous la veste : Neck. Comment n'avait-elle pas fait le lien plus tôt ? La finesse du tissu, la coupe approximative, la teinte sans imagination… Il ne s'agissait pas de chemises de ville mais de vêtements d'hôpital ! Un hôpital dont le nom devait être brodé en toutes lettres, sauf qu'elle n'avait jamais pu le lire en entier... *Neck* pour *Necker*, évidemment, en déduisit-elle. Et l'hôpital Necker, elle le connaissait bien : elle passait devant chaque matin pour aller en cours ! Bakary n'avait-il pas laissé entendre que sa chambre se situait à cinq minutes de chez elle ? Ce qui correspondait précisément ? N'avait-il pas fait allusion aussi à la consultation récente d'un ou de plusieurs médecins ? Sans compter que c'est à l'hôpital Necker que Jeanne avait été transportée et que c'est encore à Necker que Bakary était venu lui tenir fidèlement compagnie... Oui, plus elle y réfléchissait, plus il lui semblait plausible que le vieil homme soit là-bas. Sans doute profitait-il de ses longues heures d'inactivité pour s'éclipser jusqu'à l'immeuble de celle qu'il avait tant aimée... Ce qui signifiait aussi que si son souffle ne lui permettait plus de grimper les cinq étages, Alma, elle, pouvait lui rendre la politesse et effectuer le chemin en sens inverse.

Elle prit sa décision très vite. Sa mère était en pleine conversation avec grand-père, Robert et Edgar ne seraient pas de retour avant midi trente, la voie était libre. Et puis, qui sait, continuait la petite voix dans sa tête, peut-être fallait-il se dépêcher…

Le temps d'enfiler son manteau, Alma traversa au pas de course les quelques rues qui la séparaient du puzzle de bâtiments hétéroclites que constituait l'hôpital. Ne sachant trop où aller, elle commença par se perdre, jusqu'à ce qu'un infirmier obligeant, après qu'elle lui eut expliqué qu'elle cherchait un patient d'un certain âge, lui indique le pavillon de gériatrie – Alma découvrit le mot à cette occasion et le trouva horrible. À l'accueil, l'hôtesse la considéra bizarrement et hésita une fraction de seconde avant de la renseigner :

– Au deuxième étage, chambre 229. Mais il ne reste plus beaucoup de temps : le dimanche, les visites s'arrêtent entre douze et quinze heures…

Alma se sentit pousser des ailes et s'envola presque dans les escaliers. Elle déboucha sur un palier sinistre, où la plupart des pièces étaient fermées et où régnait une odeur douceâtre de désinfectant. Quelques fauteuils marron étaient disposés çà et là contre les murs, mais un seul était occupé : une femme âgée, vêtue de noir, dont le visage disparaissait sous un chapeau à voilette. Vu son état de prostration, elle avait dû apprendre une très mauvaise nouvelle… Alma n'osa pas la saluer et pressa le pas, avec le sentiment que dans un endroit de ce genre, tout pouvait arriver.

La 229 se situait à l'extrémité du couloir et un chariot d'infirmière était stationné devant. Alma en fut presque soulagée. Elle s'assit sur le siège le plus proche, à côté d'une plante verte en plastique qui avait paradoxalement jauni. La lumière était d'un gris lugubre et l'on comprenait mieux pourquoi Bakary s'échappait d'ici de temps à autre… Des voix sourdes parvenaient de la chambre – autre indice encourageant – et, après quelques minutes d'attente, Alma se résolut à frapper. Si midi sonnait sans qu'elle ait pu voir Bakary, elle serait éconduite… Une infirmière entrebâilla la porte, avec un mouvement de surprise :

– Oui ?

– Est-ce que M. Sakoro est là ? demanda-t-elle.

L'infirmière fronça les sourcils, indécise : la visiteuse était bien jeune.

– Un instant, s'excusa-t-elle en refermant la porte.

Il y eut un conciliabule à l'intérieur puis un bel

homme en blouse blanche, la peau d'un noir d'ébène, se glissa à l'extérieur. Son nom était inscrit au-dessus de sa poche, d'où dépassaient aussi un stylo et un boîtier bleu : *Dr Mendy*.

– Vous voulez voir M. Sakoro ? s'enquit-il.

Alma opina du chef.

– Vous êtes de sa famille ?

– Non, enfin… c'est un vieil ami de la famille, bafouilla-t-elle.

– Ah… Ça me surprend un peu, poursuivit le médecin, dubitatif. J'avais cru comprendre qu'il n'y avait plus grand monde autour de lui.

Elle devait absolument le convaincre de sa bonne foi, ou il ne la laisserait pas entrer :

– En fait, il… il connaissait mon arrière-grand-mère, se lança-t-elle. Sauf qu'ils se sont perdus de vue pendant longtemps. Ils s'étaient rencontrés à Fréjus pendant la Grande Guerre. Lui, c'était un tirailleur sénégalais. Enfin il n'était pas vraiment sénégalais, il venait du Mali. L'A.-O.F., on disait à l'époque.

– Je suis au courant, oui, fit sèchement le docteur.

Il continuait d'observer Alma et celle-ci se sentit obligée d'enchaîner :

– Il a passé dix ans dans l'armée puis il est

reparti en Afrique pour être instituteur. C'est après qu'il est retourné à Paris et qu'il a retrouvé mon arrière-grand-mère… Dans cet hôpital.

Tout ça était terriblement décousu et son interlocuteur affichait une certaine perplexité. Heureusement, l'infirmière évita à Alma de s'engluer davantage en sortant à cet instant de la chambre avec l'une de ses collègues. Elles adressèrent un signe de tête au médecin puis s'éloignèrent en poussant le chariot.

– Comment vous appelez-vous ? interrogea le Dr Mendy, une fois le silence retombé.

– Alma… Alma Gausthier.

– Bien… Mademoiselle Gausthier, vous êtes venue seule ou quelqu'un vous accompagne ?

Ne pas lui fournir l'occasion de la renvoyer chez elle…

– Ma… ma mère ne devrait pas tarder, mentit-elle. Elle doit être en train de chercher une place pour la voiture.

– Vous n'êtes pas majeure, j'imagine ?

– Non, je…

– D'accord, la coupa-t-il, alors voilà ce que nous allons faire : vous allez patienter tranquillement dans ce fauteuil jusqu'à ce que votre maman arrive. Ensuite, on discutera ensemble.

– Mais il va être midi, tenta Alma.

– Aucune importance, c'est moi qui décide.

Il actionna la poignée pour rejoindre son patient, mais le boîtier électronique dans sa poche émit un son nasillard et il suspendit son geste. Il jeta un œil à la diode rouge qui clignotait sur le petit appareil et lâcha un soupir irrité :

– Cinquième fois ce matin ! Il doit y avoir une urgence au premier, je reviens tout de suite. Vous, vous ne bougez pas.

Il remonta le couloir à grandes enjambées, sans un regard pour la malheureuse en deuil, puis disparut dans l'escalier.

28

Alma ne perdit pas une seconde : elle toqua délicatement, n'obtint aucune réponse, supposa que le malade s'était assoupi et pénétra dans la chambre sur la pointe des pieds. La fenêtre était entrouverte et c'est le courant d'air froid qui la saisit d'abord. Puis, d'un coup, elle comprit les réticences de l'équipe médicale : Bakary était allongé sur le lit, le drap jusqu'à la taille, les bras collés le long du corps, les yeux clos. Sauf qu'il ne dormait pas vraiment… Alma fit un pas vers lui, abasourdie, incapable d'admettre l'information que lui envoyait son cerveau : le vieil homme était mort. Je dois rêver, se persuada-t-elle… Il faut que je sois en train de rêver ! Jusqu'à ce que sa petite voix intérieure, celle qui savait tout depuis le début, ne finisse par la convaincre de l'évidence : « Tu t'en doutais, non ? » Elle se rendit compte alors qu'elle respirait plus fort et dut s'appuyer sur la table roulante encombrée de papiers.

Le vieil homme était mort...

La phrase tourna un moment dans sa tête avant qu'elle ne parvienne à reprendre le contrôle d'elle-même et qu'elle cesse de détourner les yeux du défunt. Il avait un très beau visage, d'ailleurs, c'est la première pensée qui lui vint à l'esprit. Il paraissait reposé, détendu, comme s'il en avait fini avec les souffrances de l'âge. On aurait pu croire à une sorte de moulage ou de statue ou quoi que ce soit d'autre d'extraordinairement ressemblant, qu'un artiste inspiré aurait sculpté à sa mémoire. Surtout, il avait encore ce léger sourire... Le même qu'Alma lui connaissait, aimable et compréhensif. Comme s'il avait eu la certitude, à l'instant de partir, qu'il s'en allait retrouver Jeanne pour de bon. Comme s'il avait su que leur histoire ne faisait que commencer...

Alma avança d'un pas supplémentaire, jusqu'à toucher le bord du lit. Pour son dernier voyage, les infirmières avaient apprêté le vieil homme avec soin : il portait une chemise immaculée et son collier de cuir était joliment posé par-dessus les boutons, la larme de jais contrastant avec le blanc du tissu. Force noire, songea-t-elle. Cette fois, il n'avait pas survécu à la bataille.

Elle eut alors l'idée de lui faire elle aussi un cadeau. Un cadeau d'adieu, qui l'accompagnerait où qu'il aille... Elle retira l'alliance de Jeanne de son annulaire et le glissa avec un peu d'appréhension au petit doigt de Bakary. Son contact était frais, mais sa peau était douce... Puis elle contempla le résultat : les deux anneaux étaient désormais ensemble, côte à côte, pour toujours.

Alma sentit alors le chagrin sur le point de la submerger. Plutôt que de se laisser aller, elle se força à examiner le reste de la chambre : une machine électronique à l'arrière, avec un écran éteint qui évoquait les oscilloscopes du cours de physique ; une armoire en pin ouverte, où l'on devinait un costume sombre pendu à un cintre ; une reproduction de phare dans un cadre mauve accroché au mur ; une chaise toute simple qui avait dû accueillir bien des fatigues et bien des douleurs... Côté table de chevet à droite, une carafe d'eau, plus la médaille militaire, arrangée comme un trophée sur un mouchoir plié.

– Je vous avais dit de ne pas bouger, chuchota une voix dans son dos.

Elle se retourna : le Dr Mendy se tenait sur le seuil, la mine plus apitoyée que fâchée. En le voyant, Alma eut l'impression que quelque chose cédait en elle : elle se mit à pleurer toutes les larmes de son corps, sans plus essayer de les retenir. Une fontaine de tristesse… D'abord désemparé, le médecin attrapa un mouchoir en papier, le lui tendit, puis la prit dans ses bras. Elle s'y blottit désespérément : le vieil homme était mort et rien n'y pourrait changer.

– Là, là… s'efforça de la consoler le docteur. Ne t'en fais pas, va, c'est normal de pleurer. Et M. Sakoro en valait la peine. On discutait souvent tous les deux, tu sais. Il me posait des questions, sur tout, sur rien, sur mes enfants, mon métier. Il me donnait des conseils… Seulement voilà, son corps n'en pouvait plus, tu comprends ? Ses poumons avaient tenu tellement longtemps, malgré la guerre, malgré les gaz… « Vous êtes le plus résistant de tous mes patients », je le taquinais parfois. Et ça le faisait rire. Il aimait bien rire. Mais maintenant, il est mieux là où il est, fais-moi confiance. Tu me fais un peu confiance, n'est-ce pas ? Alma, c'est ça ?

Elle hocha la tête, secouée de sanglots.

– Il… il est mort quand ? parvint-elle à balbutier.

– Ce matin, à 9 h 20. J'étais là, ajouta-t-il, dissimulant son émotion. Mais en vérité, il était dans le coma depuis quatre jours.

Alma ne put s'empêcher de tiquer. Elle recula légèrement pour le fixer dans les yeux.

– De… depuis quatre jours ?

– Son organisme était épuisé. C'est son esprit qui tenait.

– Ce… ce n'est pas possible lâcha-t-elle. Pas quatre jours…

« Il m'a parlé encore hier », faillit-elle ajouter. Mais elle se ravisa devant l'expression parfaitement sincère du médecin. Il ne manquerait plus qu'elle passe pour folle.

– Quatre jours, si, affirma-t-il. Il ne souffrait pas du tout, si c'est ce qui te tracasse. Tu vois l'appareil là-bas ? Ça nous permettait de suivre l'activité de son cerveau. La plupart du temps, c'est comme s'il dormait. D'un sommeil de bébé.

– Et les autres fois ? renifla-t-elle. Quand il ne dormait pas ?

– Il ne se réveillait pas véritablement, c'est son

esprit qui se remettait à fonctionner. Dans ses rêves, peut-être...

Du menton, il montra les documents sur la table roulante :

– Je peux t'assurer qu'on s'est bien occupés de lui. Regarde : les infirmières venaient le voir chaque demi-heure et elles notaient tout ce qui lui arrivait. Au cas où il aurait repris connaissance... Mais il faut croire que son heure était venue.

Alma ne l'écoutait plus vraiment : elle s'était penchée sur les papiers, à la recherche de preuves, effectivement. Des preuves que Bakary n'avait pas pu se déplacer physiquement... Elle prit la première feuille pour la lire :

Bilan encéphalogramme, M. Sakoro
Jeudi 11 octobre.
Pics d'activité :
17 h 12
18 h 17
18 h 42
19 h 07
etc.

Puis, sur la suivante :

Bilan encéphalogramme, M. Sakoro
Vendredi 12 octobre.
Pics d'activité :
16 h 48
17 h 04
17 h 19
17 h 32
etc.

Et pareil pour le samedi, une succession d'horaires incompréhensibles.

– Ça… ça correspond à quoi ? demanda-t-elle au Dr Mendy. Ces pics d'activité ?

– Qui sait ? répondit celui-ci en haussant les épaules. Peut-être qu'il y avait encore des choses auxquelles il tenait absolument à penser ?

Il y eut du bruit dans le couloir et deux hommes en cravate entrèrent après avoir frappé :

– C'est ici, M. Sakoro ? interrogea le premier.

– Est-ce que tu veux bien attendre ta maman dehors ? suggéra le médecin à la jeune fille. Ces messieurs doivent finir de préparer notre ami.

La mort dans l'âme, Alma quitta la chambre dont la porte se referma derrière elle. Elle était totalement déboussolée. Le vieil homme était mort et pendant quatre jours, il avait été incapable de quitter son lit… Ça n'avait aucun sens. Il était bien venu jusqu'à elle, pourtant, il lui avait raconté son histoire ! Le médecin devait se tromper, les infirmières devaient se tromper, leurs appareils devaient se tromper… Elle se laissa tomber sur le fauteuil, la tête entre les mains. Ou alors elle avait rêvé ? Ou alors elle était folle ? Mais l'anneau, mais le mariage de Jeanne et de Bakary ? Mais les photographies ? Et l'album de souvenirs ? Et la lettre de rupture et les révélations de sa mère ? Non, elle n'avait pas rêvé. Et non, elle n'était pas folle.

Un frottement la tira de ses méditations et elle supposa que les préposés de la morgue se disposaient à emmener le corps. Elle enleva ses mains de ses yeux et crut avoir une syncope : Bakary venait de sortir de la chambre. Sur ses jambes, vêtu de son costume gris, sa médaille au côté. Il l'observait, avec une infinie bonté. À l'évidence, elle devait avoir perdu la raison… Il devina son trouble et mit un doigt sur sa bouche pour l'inciter à se taire. Puis il lui adressa un clin d'œil, comme s'il s'agissait d'un secret entre eux. Il formula ensuite une phrase muette, en articulant exagérément mais sans prononcer le moindre mot : « Tout ira bien,

Alma. » Du moins est-ce ce qu'elle comprit… Après quoi, il s'éloigna, tel un simple visiteur désireux de rentrer chez lui.

Un miracle ! se convainquit-elle. C'était un miracle ! Elle se redressa pour le suivre, lorsqu'il se produisit un deuxième événement tout aussi insensé. Au moment où Bakary s'approchait de la vieille dame en deuil, celle-ci se leva en ôtant sa voilette d'un geste gracieux. Un sourire charmant illumina son visage et Alma la reconnut sans aucune hésitation : c'était Jeanne.

Bakary s'inclina devant elle et celle-ci esquissa une sorte de révérence à son tour. Puis le vieil homme fit glisser quelque chose dans sa paume. L'alliance qu'Alma lui avait apportée… Avec beaucoup de tendresse et sans la quitter des yeux, il la passa au doigt de celle qu'il avait toujours chérie. Ils se regardèrent ensuite en se tenant les mains, songeant peut-être aux vagues de Fréjus, à leurs empreintes sur le sable de Saint-Raphaël, aux anneaux échangés dans cette chapelle en ruine, aux serments murmurés dans une chambre d'hôpital… À ce qui avait représenté si peu de leur vie et dont ils avaient choisi de faire leur éternité. Puis ils se tournèrent vers la jeune fille et lui envoyèrent un baiser. Un baiser de par-delà les mondes… Alma fut alors frappée par l'évidence : elle n'était pas folle, non. Ce qu'elle voyait là, c'était la force de leur amour.

L'auteur

Guillaume Prévost est né en 1964 à Tananarive, sur l'île de Madagascar. Ancien élève de l'École normale supérieure, professeur agrégé d'histoire, il enseigne dans un lycée de la région parisienne. Ses romans pour adultes (parmi lesquels *Les Sept Crimes de Rome, La Valse des gueules cassées* ou *La Berceuse de Staline*, tous publiés aux éditions Nil), comme ceux pour les enfants, sont nourris de sa passion pour l'histoire et développent un art consommé de l'intrigue policière. *Le Livre du temps*, son premier texte destiné à la jeunesse, mêle la grande aventure aux tableaux historiques les plus saisissants. La trilogie a connu un vif succès, y compris au-delà des pays francophones, notamment au Royaume-Uni, en Allemagne, aux États-Unis, en Chine, en passant par l'Espagne et le monde latino-américain.

Du même auteur, chez Gallimard Jeunesse :

FOLIO JUNIOR

Le Livre du temps

I. *La pierre sculptée,* n° 1480

II. *Les sept pièces,* n° 1522

III. *Le Cercle d'or,* n° 1553

GRAND FORMAT LITTÉRATURE

Le Livre du temps

I. *La pierre sculptée*

II. *Les sept pièces*

III. *Le Cercle d'or*

DÉCOUVREZ

LE LIVRE DU TEMPS,

UNE TRILOGIE DE

GUILLAUME PRÉVOST

1. LA PIERRE SCULPTÉE

Cela fait des jours que Sam n'a plus la moindre nouvelle et il faut se rendre à l'évidence : son père a purement et simplement disparu. Alors qu'il recherche désespérément un indice, l'adolescent découvre un passage secret, puis un vieux livre rouge et une étrange pierre sculptée. En la manipulant, Sam est subitement projeté... des siècles en arrière sur une petite île menacée par les Vikings !

2. LES SEPT PIÈCES

Après plusieurs voyages dans le temps grâce à la pierre sculptée, Sam a enfin localisé son père : il est en Valachie médiévale, prisonnier d'un tyran sanguinaire surnommé Dracula ! Pour le sauver, Sam doit maintenant réunir les sept pièces qui permettent de s'orienter dans les couloirs du temps. Mais aux mille dangers du passé s'ajoutent les pièges d'un mystérieux ennemi...

3. LE CERCLE D'OR

De la Rome médiévale assiégée à la Chine légendaire de l'empereur Qin, Sam se débat dans une aventure plus périlleuse que jamais. Il lui faut maintenant affronter son ennemi intime, le tatoué, et trouver le moyen de changer le cours du passé. Mais peut-il vraiment réparer le temps ? Espérer revoir un jour sa mère ? Et si oui, à quel prix ?

Le papier de cet ouvrage est composé de fibres naturelles, renouvelables, recyclables et fabriquées à partir de bois provenant de forêts gérées durablement.

Maquette : Maryline Gatepaille

Loi n° 49-956 du 16 juillet 1949
sur les publications destinées à la jeunesse.
ISBN : 978-2-07-066125-1
Numéro d'édition : 267219
Dépôt légal : août 2014

Imprimé en Italie par chez Grafica Veneta